文春文庫

夏《なつ》燕《つばめ》ノ道《みち》

居眠り磐音（十四）決定版

佐伯泰英

文藝春秋

目次

「居眠り磐音」主な登場人物

坂崎磐音《さかざきいわね》
元豊後関前藩士の浪人。藩の剣道場、神伝一刀流の中戸道場を経て、江戸の佐々木道場で剣術修行をした剣の達人。

小林奈緒《こばやしなお》
磐音の幼馴染みで許婚《いいなずけ》だった。琴平、舞の妹。小林家廃絶後、遊里に身売りし、江戸・吉原で花魁《おいらん》・白鶴《はつかく》となる。

坂崎正睦《さかざきまさよし》
磐音の父。豊後関前藩の藩主福坂実高《ふくさかさねたか》のもと、国家老を務める。

おこん
磐音が暮らす長屋の大家・金兵衛の娘。今津屋の奥向き女中。

幸吉《こうきち》
深川・唐傘《からかさ》長屋の叩き大工磯次《いそじ》の長男。鰻屋「宮戸川」に奉公。

今津屋吉右衛門《いまづやきちえもん》
両国西広小路に両替商を構える商人。お佐紀《さき》との再婚が決まった。

由蔵《よしぞう》
今津屋の老分番頭。

佐々木玲圓《ささきれいえん》
神保小路に直心影流の剣術道場・佐々木道場を構える磐音の師。

速水《はやみ》左近《さこん》　将軍近侍の御側衆。佐々木玲圓の剣友。

本多《ほんだ》鐘四郎《かねしろう》　佐々木道場の住み込み師範。磐音の兄弟子。

松平《まつだいら》辰平《たつぺい》　佐々木道場の住み込み門弟。父は旗本・松平喜内《きない》。

重富《しげとみ》利次郎《としじろう》　佐々木道場の住み込み門弟。土佐高知藩山内家の家臣。

品川《しながわ》柳次郎《りゅうじろう》　北割下水の拝領屋敷に住む貧乏御家人の次男坊。母は幾代《いくよ》。

竹村《たけむら》武左衛門《ぶざえもん》　南割下水吉岡町の長屋に住む浪人。妻・勢津《せつ》と四人の子持ち。

笹塚《ささづか》孫一《まごいち》　南町奉行所の年番方与力。

木下《きのした》一郎太《いちろうた》　南町奉行所の定廻り同心。

竹蔵《たけぞう》　そば屋「地蔵蕎麦」を営む一方、南町奉行所の十手を預かる。

北尾《きたお》重政《しげまさ》　絵師。版元の蔦屋重三郎《つたやじゅうざぶろう》と組み、白鶴を描いて評判に。

桂川《かつらがわ》甫周《ほしゅう》国瑞《くにあきら》　幕府御典医。将軍の脈を診る桂川家の四代目。

田沼《たぬま》意次《おきつぐ》　幕府老中。

『居眠り磐音』江戸地図

新吉原
山谷堀
寛永寺
待乳山聖天社
向島
今戸橋
上野
浅草
不忍池
下谷広小路
金龍山 浅草寺
業平橋
吾妻橋
品川家
十間川
北割下水
今津屋
本所
天神橋
法恩寺橋
新シ橋
竹村家
柳原土手
両国橋
南割下水
横川
金的銀的
長崎屋
薬研堀
竪川
大川
鰻処宮戸川
六間堀
若狭屋
猿子橋
小名木川
日本橋
新大橋
日本橋川
深川
金兵衛長屋
鎧ノ渡し
霊岸島
八丁堀
永代橋
仙台堀
永代寺
鉄砲洲
富岡八幡宮
佃島
越中島

至 王子
護国寺
日光御成街道
小石川
本郷
豊後関前藩
上屋敷
湯島天神
牛込
神田川
神田明神
表猿楽町
佐々木道場
駿河台
昌平橋
筋違橋御門
田安御門
神保小路
市谷八幡宮
市谷御門
内藤新宿
四谷
四谷御門
麹町
江戸城
大手御門
平川天満宮
馬場先御門
鍛冶橋御門
南町奉行所
数寄屋橋御門
溜池
原宿
愛宕権現
増上寺
芝
渋谷
麻布広尾町

本書は『居眠り磐音 江戸双紙 夏燕ノ道』（二〇〇五年九月 双葉文庫刊）に
著者が加筆修正した「決定版」です。

編集協力 澤島優子
地図制作 木村弥世
DTP制作 ジェイ エスキューブ

夏燕ノ道

居眠り磐音（十四）決定版

第一章　卯月の風

一

この朝、坂崎磐音《さかざきいわね》は宮戸川《みやとがわ》での鰻割《うなぎさ》きの仕事を終え、いつものように朝餉《あさげ》を馳走《ちそう》になった後、鉄五郎《てつごろう》親方に、

「坂崎さん、うちのことはなにも心配いらねえ。これからは上様の御身大切にご奉公してくだせえ」

と鼓舞された。

「親方、それがし、確かに日光には参るが、今津屋《いまづや》どのが扱われる路銀を守ってのこと、上様にお目にかかる機会があろうはずもござらぬ」

当惑顔の磐音に、

「いや、それは心得違いというものです。坂崎さんの人柄はなにかと頼りにされます。上様が、『坂崎よしなに』って会いに来られますって」

と鉄五郎は深川界隈《かいわい》の近所付き合いの調子で言い切った。

安永《あんえい》五年（一七七六）、卯月《うづき》十三日、十代将軍徳川家治は江戸城を出立《しゅったつ》して日光社参に向かう。

供の数は御三家、大名諸侯、直参《じきさん》旗本から助郷《すけごう》の人間まで入れると、延べ四百万人、馬三十万匹を数えると予測される一大行事だ。

坂崎磐音は便宜上、勘定奉行太田播磨守正房《おおたはりまのかみまさふさ》の家来として、今津屋らが加わる幕府出納方《すいとうがた》の一員として参加するにすぎない。だが、道中で家治との面会が叶《かな》うと信じている鉄五郎親方は、

「上様とのご対面の日がいつか分かっているんなら、うちの自慢の鰻の蒲焼《かばやき》をその地まで届けさせるんだがな」

と本気で思案していた。

磐音の朝の鰻割きも当分休みだ。膳《ぜん》を流しまで下げた磐音は、女将《おかみ》のおさよから奉公人にまで頭を下げて、

「当分休むが、あとをお願い申す」

と頼んだ。すると小僧の幸吉《こうきち》が、

「宮戸川を浪人さん一人が切り盛りしているような挨拶《あいさつ》だな。鉄五郎親方からこの幸吉様まで控えているんだぜ。深川のことは心配しねえで、道中してきな」

とうっかり親方の前だということを忘れて、いつもの言葉遣いに戻ると、
ぴしゃり
と鉄五郎に頭の後ろを張られ、

「おさよ、幸吉が奉公に来てどのくらいになるな。この分じゃあ、長屋に帰すしかないか」

と脅《おど》かされた。

「親方、ついうっかりしたんだ。だけどさ、この浪人さん、踏ん切りがつかないったら、ありゃしねえや。奉公に出たての子守女みてえに、あっちにぺこりこっちにぺこりと頭を下げていたんじゃ、今津屋さんの役には立たないぜ」

「幸吉が言うのももっともだ。宮戸川を一歩出たら、鰻のことはもう一切忘れてくださいよ」

鉄五郎が最後に念を押し、磐音も有難く受けた。

磐音はその足で六間湯に回り、鰻の臭《にお》いが染《し》み付いた手足から先に丹念に糠《ぬか》

袋《ぶくろ》で擦《こす》り上げ、洗い流した。石榴口《ざくろぐち》を潜《くぐ》るとご機嫌な鼻歌が聞こえた。

「おや、よいことでもございましたか」

鼻歌の主は大家の金兵衛《きんべえ》だった。

「待ってましたよ、坂崎さん」

金兵衛は亡き女房の法事を理由に、その寺で一人娘のおこんの見合いを企てた。

だが、それを察したおこんにさっさと逃げられ、以来、意気消沈していた。

「新手にございますよ」

「新手とはなんでございますな」

「決まってますよ。おこんの見合いです」

「新しい見合いが決まりましたか」

「はい、決まりました。それも、嫁ひとりに婿《むこ》三人。今津屋のおこんならばと、三人が名乗りを上げました。どれもなかなかの相手です。大家の嫡男《ちゃくなん》に、棟梁《とうりょう》の跡継ぎにと、身許《みもと》がしっかりしたものばかりです」

「おこんさんに婿候補が三人ですか」

磐音は呆《あき》れ顔で金兵衛を見た。

「万事、策は深川六間堀の諸葛孔明《しょかつこうめい》の胸中にありです。坂崎さんが日光に参られている間に、第一弾の見合いを調《ととの》えてあるんですよ」

先日の見合い話の折り、磐音の心中は複雑に揺れた。だが、こたびの婿三人話には、

（おこんさんがどのように剣突《けんつく》を食らわすか）

とその後の金兵衛の消沈が気になった。

「そうそうのんびりと湯なんぞに浸《つ》かっているわけにはいきませんよ」

金兵衛が湯から上がり、磐音もつい従った。

「坂崎さんの出立はいつですね」

「三日後ですが、今夕から今津屋に詰めます。当分、長屋を留守にしますがよろしくお願いします」

「あいよ、お任せなさい」

六間湯を出て、六間堀に架《か》かる猿子橋を渡ろうとすると、河岸《かし》に植えられた青柳を掠《かす》めるように燕《つばめ》が飛んで、水面を揺らしていった。

「もう、夏だねえ。今津屋さんも日光社参の大仕事を終えられると祝言《しゅうげん》で忙しくなるねえ」

金兵衛は、江戸両替商の筆頭、両替屋行司《ぎょうじ》の今津屋吉右衛門《きちえもん》と、小田原の脇《わき》本

陣小清水《こしみず》屋の次女お佐紀《さき》との再婚を案じた。

「そっちはすでに仕込みが済んでいるが、こっちはこれからだ。それだけに、ちょいとばかり馬力をかけないと間に合わないよ」

と自らを鼓舞するように言った。

金兵衛長屋への路地を入ると、水飴《みずあめ》売り五作《ごさく》の女房おたねの声が木戸の向こうから響いてきた。

「冗談も休み休み言いな、銀《ぎん》の字。鰹《かつお》の半身が二分だと、馴染《なじ》みの長屋にえらくふっかけたもんだねえ。そんな了見だと、明日からうちへの出入りを差し止めるよ」

「おたねさん、今年の初物だぜ。仕入れ値も高えや。鰹の値が張るのは当たり前の話だぜ。おれはよ、得意先と思うから、金兵衛長屋にいの一番に持ってきたんじゃねえか」

魚屋の銀平《ぎんぺい》も負けてはいなかった。

磐音と金兵衛が木戸を潜ると、井戸端で銀平が板台の上にかたちのいい鰹を横たえ、女たちと必死の掛け合いをしていた。

「ほう、初物ですか」

金兵衛が魚体も鮮やかな鰹を眺めた。

「大家さんよ、おたねさん方に言ってくんな。値はたしかに高えさ。だがよ、初物は祝儀値がとおり相場、河岸でも高えんだぜ」

「銀平、よくも丸ごと仕入れる銭を持っていたな」

「大家さんまでそんなこと言わなくてもいいじゃねえか。おれだって、江戸っ子だ。鰹の一本や二本、仕入れる金はいつも腹掛けに……」

「入れてあるというのかい」

おたねが突っ込んだ。

銀平が頭を掻《か》き、

「この節、鰹の仕入れは魚河岸《うおがし》が待ってくれるんだよ。おれっちは売れていくらさ。しがねえ棒手振《ぼてふ》りだもの」

と今度は泣き言を言った。

「そう、銀平に下手に出られちゃあ、仕方がない」

と金兵衛が鰹を厳しい目で検閲した。そして、なんとも思い切ったことを言い出した。

「私が半金を払いましょう。銀平、半身なんてけち臭いや、丸ごともらいますよ」

「大家さんが半金を払うと言うのかい」

「おう」

と薄い胸を張る金兵衛に、

「ならばそれがしが残りを払おう」

と磬音が応じた。

「大家と浪人さんがあたしらの鰹を買い占めようというのかい」

おたねが口を尖《とが》らせた。

「おたねさん、私には前祝いをしたいことが待っている。坂崎さんも日光へ上様と御用旅だ。鹿島《かしま》立《だ》ちを祝って半金を出すと申し出られたのさ。鰹を一匹買って、長屋じゅうで分けようという話だ」

「なにかい、あたしらはただで初物がいただけるのかい。嘘《うそ》だろ。どてらの金兵衛が二分なんて出すわけないもの。だろ、みんな」

おたねが女たちを見回した。

「おたねさん、言ってくれるじゃないか。ならば因業《いんごう》の金兵衛に逆戻りだ」

「おたねさん、大家さん、二人してそう尖らないでくださいな」

と付け木売りの老婆おくまが慌《あわ》てて二人を制した。

磐音が二分を出し、銀平が、

「有難うごぜえやす」

と受け取ると板台の鰹に包丁を入れた。

女たちから歓声が上がり、金兵衛も一分二枚を板台の端に置いた。

「大家さん、旦那《だんな》、亭主どもが喜びますよ」

おたねが打って変わって満面の笑みを浮かべた。

「旦那、夕餉《ゆうげ》はうちで一杯やっておくれな」

「おたねどの、気持ちだけいただこう。日光社参の仕度は今夕から始まるでな、八つ（午後二時）には長屋を出ようと考えておる」

「坂崎さん、ならばうちで、昼餉《ひるげ》なんぞいかがですか。この初物を菜に、炊き立てのご飯で食しましょうか」

「馳走になってよろしいか」

「一匹一両の鰹はなかなかの風味ですよ」

二人の会話を聞いた魚屋が、

「なら一番いいところを造りにして届けるぜ」

と請《う》け合ってくれた。

「銀平、坂崎さんと二人だ。そうたんとはいらないよ」

「あいよ」

銀平の手が板台の上で素早く動いた。

磐音は長屋に入るとまず格子《こうし》窓、裏の障子と開け放ち、部屋に風を入れた。十日余り長屋を留守にすることになるからだ。

鰹節屋から貰《もら》ってきた木箱を仏壇代わりに、白木に手書きの三柱の位牌《いはい》があった。かつて豊後《ぶんご》関前《せきまえ》藩の藩政改革の夢を語り合った朋輩《ほうばい》の小林琴平《こばやしきんぺい》と河出慎之輔《かわでしんのすけ》、それに慎之輔の妻舞《まい》の位牌だ。

三人の青年武士が藩政改革の夢を秘め、江戸勤番を終えて関前に帰国した。その夜、藩財政を恣《ほしいまま》にしていた家老の宍戸文六《ししどぶんろく》らの策謀に嵌《はま》り、妻の不義を聞かされた慎之輔がまず舞を手討ちにし、実妹を殺された琴平が慎之輔を斬り、上意討ちの命に志願した磐音が琴平と相戦う運命の後、磐音一人だけが生き残った。奈緒《なお》との祝言を前にしていた磐音はこの騒動で奈緒をも失った。

舞と奈緒は姉妹で、琴平の妹でもあったのだ。

そこで密《ひそ》かに関前藩を離れて、独り江戸に向かったのである。

「琴平、慎之輔、舞どの、当分、長屋を空ける。禄《ろく》を離れたはずのそれがしが幕府勘定奉行太田様の家来になって、上様の日光社参に同道するのだ。世の中、不思議なことが起こるものよ。そなたらが冥土《めいど》で高笑いする声が聞こえるようだ」

磐音は話しかけつつ、位牌の前の水を取り替えた。

旅仕度といってもおこんから、

「こたびの衣装はすべて今津屋で用意してあります。身一つでおいでください」

との指示を受けていた。

「浪人さん、大家さんが呼んでるよ」

と戸口に小さな影が二つ立った。

左官の常次《つねじ》とおしまの子孝太郎《こうたろう》と、五作とおたねの娘おかやの二人だ。

「おおっ、かたじけない。昼餉の用意ができたようだな」

と答えた磐音は、

「孝太郎どの、おかやちゃん、日光からなんぞ土産《みやげ》を買うてくるでな、楽しみにしておれよ」

「浪人さん、日光は遠いのかい」

孝太郎が訊く。

「江戸を出て、岩槻《いわつき》、古河《こが》、宇都宮と三晩も泊まりを重ねねば辿《たど》りつかぬところだ」

「浪人さん、土産ってなあに」

よく回らぬ舌でおかやが口を挟《はさ》む。

「日光名物な」

磐音は首を捻《ひね》ったが浮かばなかった。

「なんぞ二人が喜ぶものを探してくるでな」

「浪人さん、楽しみにしていらあ」

孝太郎が一端《いっぱし》の口を利《き》いた。

磐音が金兵衛の家に行くと目にも涼しげな鰹の造りが並び、擂《す》り下ろした生姜《しょうが》まで添えられていた。ご飯の炊き上がった匂《にお》いが座敷に漂い、磐音の食欲を刺激した。

「大家どの、昼間から馳走ですな」

「一年に一度あるかなしかの贅沢《ぜいたく》です。それに長屋の連中が喜ぶことだ。元は十分に取り返してますよ」

金兵衛が炊き立てのご飯を装ってきた。

「いただきましょうかな。日光に進めば進むほど海から遠ざかるのです。当分、美味《うま》い魚は口にできませんよ」

「いや、ゆっくりと食す時間があるかどうか」

二人は合掌し合うと鰹に箸《はし》を伸ばした。

口に入れると夏の涼味が、
ぱあっ
と広がった。

「これは美味い」

「長生きはするものですな」

磐音は鰹を添えたご飯を食べ始めると、もはや金兵衛が話しかけても反応を示さなかった。金兵衛は、

「大の大人が鰹に夢中になっているよ」

と驚いた。

すでに磐音は忘我として食べることに専念していた。

その顔がまるで純真な赤子のように変わっていることに金兵衛は目を瞠《みは》った。

かようにも鰹と飯を食すことに没入する人物を、幕府さえ動かす財力を持つ両

替屋行司の今津屋が頼りにしていた。

こたびの日光社参は徳川幕府の威信回復を賭けた一大行事だ。その金策を今津屋が主導し、その後見として磐音が加わるという。

（なんという大きな人物か）

坂崎磐音というお人は深川の裏長屋に住むべき人物ではない。いずれ大きく世の中に羽ばたいていかれるであろう。

金兵衛は昼餉を食しながら無上の幸せを感じていた。

磐音が両国西広小路の米沢町の角に堂々たる店構えを見せる今津屋の店頭に立ったのは、七つ（午後四時）の刻限だった。

手には布に包んだ大小、備前長船長義《びぜんおさふねながよし》と粟田口吉光《あわたぐちよしみつ》を持っていた。

日光社参の間は勘定奉行太田の家臣という身分だ。そこで以前、今津屋から頂戴した黒刻塗打刀拵《くろきざみぬりうちがたなこしらえ》の長船長義を持参しようと手入れを終えていた。

いつもより店は混雑し、それも町人より武家が多かった。すでに今津屋は日光社参の前線本部の趣を呈していた。

老分《ろうぶん》番頭の由蔵《よしぞう》ら大勢の奉公人が対応に追われていた。

磐音の姿を小僧の宮松《みやまつ》が見付け、

「坂崎様、日光社参が終わらぬかぎりうちの商いは上がったりですよ」

と囁《ささや》いた。

「奥にも客がおられるか」

「はい。勘定奉行太田様のご用人衆がお見えにございます」

頷《うなず》いた磐音は三和土《たたき》廊下を通って台所に行った。すると奥からおそめが盆に急須や茶碗《ちゃわん》を載せて運んできたところだった。

深川の唐傘《からかさ》長屋に住むおそめは縫箔《ぬいはく》職人になることを望んでいた。

過日、おこんと磐音に連れられて仕事場を見物にも行っていた。

縫箔では名人と謳《うた》われる呉服町の縫箔屋の三代目江三郎《こうざぶろう》は、おそめの熱情と天《てん》賦《ぷ》の絵心に驚きながらも、体がしっかりとできてからでも遅くはあるまいと、すぐの奉公を許さなかった。

長い年季を要する職人になりたい。同時に少しでも早く奉公して、おっ母さんの手助けがしたいというおそめの望みを叶えるために由蔵らが、

「今津屋の奉公人は一生奉公」

の決まりを破って、職人修業に入るまでの間、今津屋にお店《たな》奉公をさせること

にしたのだ。

今津屋にとっては日光社参、先妻のお艶《えん》の三回忌、お佐紀との祝言と、忙しいことが重なる年でもあった。早くもおそめは今津屋の暮らしに馴染み、奥向きの女中おこんの手助けをして、独楽鼠《こまねずみ》のように動き回っていた。

「おそめちゃん、忙しそうだな」

「あら、坂崎様」

おそめが下げてきた汚れ物を勝手女中のおきよに渡した。

「おそめちゃん、新しいお茶が淹《い》れてあるよ」

おきよが新しい急須や茶碗をおそめに渡し、おそめは慌ただしく奥に消えた。

「どこに行っても戦場のようだな」

磐音は所在なげに台所の板の間の一角に座った。

「坂崎様の働く時は嫌でもそのうち来ますよ。それまでどっしりと神輿《みこし》を据えていなされ」

おきよが磐音に茶と甘い物を供してくれた。磐音は知らなかったが、京に本店がある菓子鋪三条季楽《きらく》の練り切りだった。

「頂戴いたす」

と熱い陽射《ひざ》しの下を歩いてきた磐音は宇治茶を一口含み、練り切りを食べて、

「これは美味い」

と声を上げた。

二

「あら、来ていたの」

白地の絣《かすり》を着こなしたおこんが胸高に帯をきりりと締めて、涼しげな顔を見せた。

大所帯の今津屋の内儀《ないぎ》、お艶が亡くなって以来、おこんが奥を仕切っていた。それも小田原からお佐紀が吉右衛門の嫁として今津屋の奥に入れば、この重責も終わる。

だが、その前に日光社参やお艶の三回忌など、若いおこんには乗り越えるべき難題が控えていた。そのせいか、近頃のおこんには表現し難い貫禄《かんろく》と風格が備わっていた。

磐音は眩《まぶ》しそうにおこんを見た。

「私の顔になにかついてるの」

「いや、そうではない」

と答えた磐音は、

「昼餉に金兵衛どのと鰹を食した」

と初鰹を食べることになった経緯《いきさつ》を話した。

「おやまあ、どてらの金兵衛さんがよく奢《おご》ったわね。はは一ん、居眠り磐音が手助けしたのね」

と言い当てた。そして、

「うちのお父っつぁん、変わりなかった」

と訊いた。

口ではなにやかやと言うおこんだが、独り暮らしの父親のことを案じていた。

「すこぶるご機嫌であった」

「ご機嫌とは、怪しいわね」

と言下に言い返したおこんと磐音のところに老分番頭の由蔵が姿を見せた。どうやら息抜きに来たらしい。

「老分さん、今お茶を淹れますよ」

「おこんさん、私にも甘い物をくだされ」

由蔵の目は、磐音が食べた練り切りの皿にいっていた。由蔵は酒も飲むが、どちらかというと甘党だった。

「はい、ただいま」

おこんが今津屋の表を仕切る老分番頭に応じながら、仕度をした。

「金兵衛さんがご機嫌とはどういうことです」

由蔵は二人の会話を耳に入れていたらしい。

磐音は言うべきかどうか迷った。

「あら、これはいよいよ怪しいわ」

おこんが磐音の心中を見抜くように見つめた。

日光社参の仕度の一翼を担う由蔵もおこんも、すでに動き出していた大行事にぴーんと神経を張り詰めさせていた。それだけに川向こうの長屋の出来事が別世界のこととして知りたいらしい。気持ちを和ませたいのだ。

「おこんさんのことでござる」

「さては、どてらの金兵衛さんは性懲《しょうこ》りもなくまた見合いを企てているのね」

おこんがあっさりと見抜いた。

「はあ」

「はあ、ではないわよ。話しなさい」

「金兵衛どのに叱《しか》られるし、口も利いてもらえぬかもしれぬ」

「私に嫌われてもいいの」

「それも困る」

「坂崎様、おこんさんに尻尾《しっぽ》を摑《つか》まれた上は覚悟なされ」

由蔵が茶に手を伸ばしながら言った。

「詳しくは知らぬ。なにしろ六間湯で鼻歌を歌うておられた金兵衛どのがつい洩《も》らされたことゆえ」

「呆れた。湯屋で鼻歌を歌っていたの、うちのお父っつぁん」

おこんの驚きように由蔵が嬉《うれ》しそうに笑った。

「こたびの仕掛けは上々とかで、婿候補が三人も待っておられるそうな。その順番に苦慮しておられる様子であった」

おこんと由蔵からしばらく言葉が返ってこなかった。

「なんと申されましたな、坂崎様」

「婿候補が三人と」

「ほ、ほっほほほうっ」

と由蔵が奇妙な笑い声を上げた。

「老分さん、冗談ではありませんよ。猫の子か犬の子を貰うわけじゃあるまいし、なんで私の相手が三人もいるのよ」

おこんの眉《まゆ》がきりきりと上がり、磐音を睨《にら》んだ。

「おこんさん、縁談話を仕掛けたのはそれがしではござらん。話せと言われたゆえ話したまでにござる」

磐音は慌てて弁明した。

「どてらの金兵衛ったら、一体全体なにを考えているのかしら」

溜息《ためいき》をつくおこんをおそめが、

「奥で旦那様が」

と呼びに来た。頷いたおこんが、

「坂崎どのは今宵《こよい》から今津屋泊まりでござったな」

と侍言葉で見据えた。

「いかにも日光社参のために泊まり込みでござる」

「鰹仲間の魂胆《こんたん》をとっくりとお尋ね申す」

と言うと奥に消えた。

ふうっ
とこちらも溜息をつく磐音に、

「鰹仲間とはなんですな」

と由蔵が興味を示した。

磐音が金兵衛長屋に訪れた初鰹売りのひと騒ぎを告げた。

「おや、長屋では初鰹を食されましたか」

「こちらではそれどころではありませぬな」

「身がいくつあっても足りませぬ。まあ、時にかような息抜きをせぬことには」

と笑った由蔵が、

「金兵衛さん、おこんさん親子には新たにひと悶着《もんちゃく》ありそうですな」

と磐音の顔を窺《うかが》うように言った。

「そうであろうか」

「坂崎様、諦《あきら》めも肝心ですぞ」

由蔵が磐音を嗾《けしか》けた。

「老分どの、まずは当面の難題、日光社参の無事が先決にございましょう」

「そのことそのこと」

「われらが江戸を発《た》った後、今津屋のほうの陣容はこのままでようございますか」

幕府の日光社参の路銀調達に江戸の豪商たちが一役買ったこともあり、道中の金銭出し入れを担当する勘定方に、今津屋など町方が加わることになっていた。その実際の総指揮を執るのが由蔵であり、振場役《ふりばやく》の番頭新三郎《しんざぶろう》らが従い、後見に磐音が就いた。

今津屋には主《あるじ》の吉右衛門が残るが、陣容が手薄になるのは否《いな》めなかった。とくに磐音が案じたのは夜の警備だった。

今津屋は普段にも増して大金が動き、慌ただしく人が出入りするのだ。

こんなとき、まま夜盗一味が横行する。

それを磐音は心配した。

「いつものように品川《しながわ》様と竹村《たけむら》様に泊まり込んでもらいますか」

「こたびのこと、なんぞあれば今津屋だけでは事が済みませぬ。お二人の力を疑うわけではないが、今少し厳重な用心が要《い》りはしませぬか」

「なんぞ思案がございますか」

「品川さん、竹村さんのほかに、佐々木《ささき》道場の手を借りてはいかがかと」

「おおっ、これは気付かぬことでした。さりながら、江戸で剣名高き佐々木道場に、両替商の警護などしていただけましょうか」

「老分どの、こたびの一件が今津屋どのの意思ではなく、幕府からの頼みだということは、佐々木玲圓《れいえん》先生もご承知です。快く門弟衆のお力をお貸しくださると思います」

由蔵がしばし沈黙し、

「日光社参の間、店だけでは手狭と思い、うちの裏長屋を空けてございます。そこならば十人やそこらのお侍様の暮らしができぬことはありません」

「では、それがし、これから佐々木道場に参ります」

「そうしてくだされ。品川様、竹村様には小僧を使いに立てれば済むことです」

頷いて磐音は立ち上がった。

神保小路《じんぼうこうじ》の一角にある直心影《じきしんかげ》流佐々木道場は三代にわたり、この地で数多《あまた》の門弟たちを育てていた。

かつて豊後関前藩の家臣であった坂崎磐音は藩の許しを得て、最初の一年は住み込み稽古《げいこ》、後の二年は江戸藩邸から通い稽古に通った道場だ。

磐音にとっては懐《なつ》かしい、江戸屋敷のような存在だ。

当代の主玲圓道永《みちなが》は、直心影流の流祖山田《やまだ》平左衛門《へいざえもん》光徳《みつのり》と祖父佐々木周太月湛《しゅうたげつたん》から猛稽古をつけられ、その才能を開花させ、

「炎の剣」

の持ち主として知られていた。

その玲圓も枯淡の領域に差しかかり、益々江都《こうと》に剣名を高からしめていた。

磐音が夕暮れの佐々木道場の門を潜ると夕稽古がまだ続いていた。

日光社参を控えて道中に同行する直参旗本や大名家の家臣たちが稽古に詰めかけていた。そのために師範たちはてんてこ舞いで、俄《にわ》か稽古の相手をする羽目に陥っていた。

磐音は道場に心を残しながらも道場の奥へと回った。

内玄関から、

「御免くだされ」

と声をかけると、

「おおっ、坂崎か」

と言いながら住み込み師範の本多鐘四郎《ほんだかねしろう》が稽古着で姿を見せた。

「先生にちと相談がございまして参上しました。ご迷惑ではありませぬか」

「先ほど道場を上がられ、座敷に落ち着かれたところだ。速水《はやみ》様と談笑しておられる。おぬしならば遠慮は要らぬわ」

と鐘四郎が自ら案内に立ち、縁側に座すと、

「先生、坂崎が参りました」

と取り次いだ。

磐音は鐘四郎の背後に控えたが、その軒先には釣忍《つりしのぶ》が吊るされて夏の風情《ふぜい》を見せていた。

「坂崎が参ったとな。入れ」

磐音は師と兄弟子の速水左近《さこん》に会釈《えしやく》して、鐘四郎のかたわらから座敷に入った。

速水は家治の御側衆《おそばしゆう》の一人、それも御側御用取次《おそばごようとりつぎ》という家治の側近中の側近で、将軍家の代弁者という役目を負い、老中や若年寄よりも実権を有しているといえた。

速水は剣術の造詣《ぞうけい》が深く、元々は小野次郎右衛門忠明《おのじろうえもんただあき》が始祖の小野派一刀流の剣技を継承していた。この速水が佐々木玲圓の剣に魅せられて道場に出入りし、

客分として稽古に加わるようになり、磐音とも時折り竹刀《しない》を交える仲であった。

「いよいよ押し詰まったな」

佐々木玲圓が日光社参を気にかけた。佐々木家は元々幕臣の出である。それだけに徳川家への忠義心は禄を離れた今も深いものがあった。

「先生にお願いの儀がありまして参上いたしました」

「言うてみよ」

師弟と兄弟弟子の四人だけだ、遠慮がない。

磐音は今津屋の警備について由蔵と相談したことを告げた。本来なら、商家の警護など高名な道場がするはずもない。だが、事情が事情だ。

「おおっ、これは迂闊《うかつ》であったぞ。今津屋のことを忘れておった」

速水が素早く反応した。

「玲圓どの、日光社参の間、幕府の兵站《へいたん》の一つともいえる大事な拠点が今津屋ですぞ。金子《きんす》の出入りも激しい店の警護を今津屋の奉公人だけに任すのはちと不安です」

「磐音、そなたは佐々木道場の力を借りたいと申すか」

「なりませぬか」

「速水様も言われるとおりこたびの今津屋の働きは幕府勘定方以上に重要極まりないものじゃ。そこに賊でも入り、路銀が奪われたとあっては、幕府の威信にも関《かか》わる。本来ならば、縁の深いそなたが今津屋を護《まも》るべきだが、そなたは社参に同行する身。当然、江戸に残ったわれらがやるべき仕事である」

と答えた玲圓は、

「本多、門弟の中から今津屋詰めの人数を選抜せよ。それがしが陣頭指揮を執ってもよい」

「先生、畏《おそ》れ多うございます」

「ここは、この本多鐘四郎にお任せください」

と磐音と鐘四郎が慌てて答えた。そして、鐘四郎が、

「先生、磐音は十人と申しておりますが、二班編成とし、一班を遊軍として道場に待機させておきましょう」

と言うと磐音に、

「いつから今津屋に詰めさせればよいな」

「上様の出立が十三日に迫っております。もしできるならば、明日の夕刻からはいかがでしょう」

「万事任せよ。それがしが遺漏《いろう》なきよう整えるでな」

「安心いたしました。今津屋にはいつ参られてもよいように、長屋を整えさせておきます」

承知した、と胸を叩《たた》いた鐘四郎が道場に去っていった。早速人選にかかるようだ。

「磐音、そなたにも話しておくことがある」

玲圓が速水を見た。

「こたびの日光社参の間、家治様の御側衆の最側近として、速水様が随身方《ずいじんがた》に抜《ばっ》擢《てき》され、仰せつかわされることとなられた。速水様のお役、元々君側の第一にて、老中待遇の重役、老中、若年寄と家治様との仲介をなすお役目だが、城中においては老中、若年寄退出後は奥の総取締りの責任を持たれる。つまりは家治様になにかが起こったときの最後の盾、砦《とりで》である。こたびの道中にあって、随身方の速水様は家治様お近くに昼夜随行なされて、警護に当たられる総責任を負われるのじゃ」

「速水様、随身方、ご抜擢おめでとうございます」

「坂崎どの、そなたは外から、それがしは内から日光社参を支えることになった。

宜《よろ》しゅうお願い申す」

速水が厳しい顔で言った。

「こちらこそお願い申し上げます」

「磐音、速水様がこのお役目に抜擢された背景には、小野派一刀流の剣技がある。ただ今、幕閣に自ら剣を振るわれる御仁は少ないからのう」

「いかにも速水様ならば最適のご人選にございます」

「そこでな、坂崎どの、それがし、改めて事が起こったときの心得を玲圓どのに伺いに参ったところだ」

「先生、それがしにもお教えください」

磐音が即座に応じ、玲圓を仰いだ。

「磐音、速水様にも申し上げた。平常心でお勤めなされとな。そなたもなにが起ころうと心を平らに保ち、危難に備えよ。もっともそなたの場合、普段から騒ぎの渦中にあって、平常心を保つことには慣れておろう。慢心せぬことだけを考えよ」

「玲圓どの、坂崎どのにかぎりその心配はござるまい」

速水の言葉に玲圓が頷いた。

「坂崎どの、道中、それがしは上様間近に随身する。また勘定奉行の太田播磨どのも近くに随行されることになっておる。なんぞあれば、わが家臣の村田《むらた》新六《しんろく》をそなたのもとへ差し遣わす。この件、太田様も承知じゃ。新六の命にだけは従ってもらいたい」

どうやら佐々木玲圓と話し合ってのことらしい。もはや磐音がどう抗《あらが》おうともなんとも致し方のない流れであった。村田新六は速水の近習《きんじゅ》として常にかたわらに従う若者だった。

「なんなりと御用命くださりませ」

うーむ

と満足そうに速水が頷いた。

磐音が本所北割下水の御家人の次男坊、品川柳次郎《りゅうじろう》の屋敷を訪ねたとき、縁側に蚊《か》遣《や》りが焚《た》かれ、母親の幾代《いくよ》と柳次郎が夜なべ仕事の用意をしていた。

どうやら夕餉の後、ひと仕事するらしい。

「おや、随分と遅い刻限に参られましたな」

柳次郎が前掛けをかけた姿で言った。

莫蓙《ござ》が敷かれた座敷には骨だけの提灯《ちょうちん》が小積みになっていた。

「ご多忙ですか」

「祭りの提灯張りの仕事が突然舞い込んだのです。一晩徹宵すればなんとかなります」

「明日の夕刻から十日ほど今津屋に泊まり込めますか」

「坂崎さんの留守を守る役ですか。大役ですね」

「佐々木道場からも十人ほど加勢が来ます」

「それは心強い」

と答えた柳次郎の顔が引き締まった。

「ということは、なにか起こると予測されるのですか」

「いえ、万が一の用心です。今津屋の金子ばかりか、日光社参の大金、為替《かわせ》が、道中、頻繁に出し入れされましょう。このようなときに不測の事態が起こってはなりません。そのための用心に、品川さんや佐々木道場の門弟衆にお頼みしたいのです」

今津屋の由蔵は小僧を使いに立てれば済むといったが、磐音は友だけに礼儀を尽くそうと考え、佐々木道場から回ったのだ。

「承知しました。竹村の旦那も一緒ですか」

「体が空《あ》いておられますかな」

「竹村様はこの数日、お顔を見せられませぬ。ということは、どこかで仕事をしておられるということです」

幾代が苦々しい顔で言った。

「母上、顔にお出しになってまで竹村の旦那を毛嫌いなさるな。あれで旦那は一家を食べさせるのに必死なのですから」

「もう少し武士の嗜《たしな》みと言辞を覚えていただくとよいのですが」

幾代の言葉に磐音と柳次郎が笑い、柳次郎が、

「坂崎さん、明日にも私が南割下水を訪ねて様子を見てきます。多忙な坂崎さんの手を煩《わずら》わすことはありません」

と快く磐音の代役を引き受けてくれた。

三

磐音が今津屋に戻りついたとき、五つ（午後八時）の刻限を過ぎ、すでに店の

大戸は閉じられていた。だが、磐音が通用口を叩き、

「坂崎にございます」

と声をかけると臆病窓《おくびょうまど》が上がり、その後に通用口が開かれた。

「ご苦労さまでした」

手代の文三《ぶんぞう》が通用口の内側で張り番をしていた。普段にも増して人の出入りが激しい今津屋では、大戸を下ろした後も張り番を立てていたのだ。

磐音は明日からなんぞ工夫がいるなと考えながら店に身を入れた。

帳場格子の中で老分番頭の由蔵が帳簿を見ているだけで、奉公人の姿はなかった。台所から伝わってくる気配では夕餉の最中らしい。

「ご苦労でしたな」

由蔵が顔を上げた。

「ようやく人の波が去ったところです」

「奥はいかがです」

「すべてお帰りになられました。今日はこの刻限で終わりましたが、明日からは遅くなりましょうな」

頷いた磐音が腰の備前長船長義を抜くと、

「文三どの、夕餉がまだならば台所へ行かれぬか。張り番はそれがしが代わろう」

と言った。

文三が店の総支配人を窺うように見た。

「坂崎さんの厚意です、お行きなさい」

「お言葉に甘えまして」

若い手代は腹を空《す》かせていたのだ。台所へとそそくさと姿を消した。

「老分どの、明晩から品川さんには町人姿に形《なり》を変えてもらい、店に立ってもらいましょう」

磐音は上がりかまちに腰を下ろした。

「品川様ならば安心ですが、竹村様はちと武骨すぎますな」

「持ち場持ち場がございましょう」

と答えた磐音は佐々木道場での成果を報告した。

「佐々木先生が自ら乗り出すとまでおっしゃいましたか。有難いことです」

「師範の本多鐘四郎様が人選して二班交代制を敷くそうです」

「なんとも心強いことです」

「北割下水に回り、品川さんにも頼んできました」

「いよいよ明日から賑《にぎ》やかなことになりますな」

通用口が叩かれた。

「お待ちを」

と由蔵が声をかけ、磐音が素早く上がりかまちから通用口に立った。

「どなたか」

「伝馬町《てんまちょう》の飛脚問屋、三十里《さんじゅうり》屋の早飛脚だ。開けてくんな」

磐音が臆病窓を開くと、三十里屋の法被《はっぴ》を着て笠《かさ》を被《かぶ》った男が立っていた。

「小田原脇本陣小清水屋さんから今津屋の旦那に早飛脚というんでさ、うちの番頭さんが今晩中に届けろと命じられたんだ」

男は宿場を結ぶ脚夫ではなく、三十里屋の町飛脚、御府内《ごふない》の配達に従事する者だった。

「ご苦労にござる」

磐音が通用口を開くと書状が差し出された。

女文字で、裏を返すまでもなくお佐紀から吉右衛門に宛てられたものだ。

「飛脚屋さん、三十里屋さんによろしくな」

由蔵が帳場格子から言い、

「確かに届けましたぜ」

と飛脚が応じて姿を消した。

磐音は通用口の戸締りをすると書状を由蔵に渡した。

「お佐紀様からの文が、ただ今の旦那様にはなによりの励みですよ」

由蔵が早速奥へと届けに行った。

がらんとした人のいない店に磐音だけが残された。行灯《あんどん》の灯心がじりじりと燃える音だけがかすかに響いていた。

「お腹《なか》が空いたでしょう」

おこんが姿を見せた。

「奥もまだなの。もうしばらく我慢して」

おこんも人のいない店先が珍しいのか、見回した。

「明日からはさらに忙しくなろう。佐々木道場の面々も長屋に入れば、品川さんらも来られる」

「老分さんから聞いたわ。長屋にはもう夜具も運び込み、いつでも大丈夫よ」

「品川さんと佐々木道場の数人は店に泊まり込みになろうな」

「こうなれば何人増えてもどんと来いよ」

とおこんが胸を叩いた。

「台所も女衆《おんなし》が増えたようじゃ」

「この十日余り、昔奉公していた人たちの手を借りることにしたの」

「口入屋《くちいれや》から人を頼むというわけにもいくまいからな」

大金を扱う商いの両替商だ。ましてこの時期は幕府の公金の出し入れもあった。見ず知らずの女衆を店の中に入れるわけにはいかなかった。

「おそめちゃんに手伝ってもらって、どれほど助かっているか。坂崎さん、このことを見通していたの」

「おそめちゃんが賢いことはお互いに承知だ。だが、かくも人の出入りが激しくなるとは」

と磐音が答えたとき、筆頭支配人の林蔵《りんぞう》らがどっと台所から店に戻ってきた。

「後見、店番までさせて申し訳ございません」

「なんの、それがしはただこの場におっただけだ」

今津屋ではまだ今日の残務整理が続くようだ。

おこんと磐音は大勢の奉公人と代わり、台所に向かった。広い台所で文三が飯を掻き込んでいた。

「文三さん、そう急ぐこともないわ。ゆっくりお上がりなさいな」

おこんが言い、茶を淹れて文三の膳に載せた。

「おこんさん、有難う」

女衆は男衆《おとこし》の食べ終えた膳や器を片付けて、今度は自分たちの配膳に取りかかるのだ。おそめが奥から戻ってきた。

「おそめちゃん、ご苦労だな」

磐音の声におそめがはっとして視線を向けた。ひたむきに仕事をしていて、磐音がいることに気付かなかったらしい。あまり真剣に働こうとするものだから、おそめの顔から明るさが消えていた。

「幸吉どのがおそめちゃんの身を案じておったぞ。唐傘長屋の皆も元気ゆえ、安心するがよい」

宮戸川の小僧幸吉はおそめと同じ唐傘長屋で育った幼馴染み、今津屋に奉公に出たおそめのことばかりを気にしていた。

「坂崎様、有難うございます」

深川の長屋育ちのおそめはいきなり江戸でも名高い豪商の、それも戦場のような騒ぎの最中に奉公を始めたことになる。

「この忙しさを経験できる者はそうはおらぬ。自信もつくし、後々おそめちゃんの財産にもなろう」

「足手まといになっていませんか」

とおそめはそのことを案じた。

「先ほども、おこんさんがな、おそめちゃんが来てくれてどれほど助かっているかと洩らしておったぞ」

「ほんとですか」

とおそめの顔が急に明るくなった。

「そうそう、その笑顔が大事じゃ」

「はい」

「ご馳走さまでした」

文三が食べ終えた膳を流しに運び、女衆の一人が受け取ると、文三は走るように店に戻った。店じゅうが普段の業務とは別に日光社参の出納に巻き込まれ、高揚していた。

磐音はそれだけに見落としがないか、失態がないか、平常心が大事と己に言い聞かせた。

おこんが指揮して、奥の膳が整えられた。

「坂崎さん、お待たせしました。旦那様と老分さんがお待ちよ」

「それがしは奥でござるか」

「明日からは旦那様とご一緒に夕餉をとることも難しくなるわ。今晩くらいお三方でのんびりして」

「では、それがしの膳は持参いたそうか」

と膳に手をかけようとするとおそめが、

「お武家様がそんなことをなさってはいけません」

と制した。

「おそめちゃんに運んでもらって恐縮じゃな」

磐音が手ぶらで奥座敷に向かうと、庭の池でぽちゃんと鯉《こい》が跳ねる音が聞こえた。今津屋では日中のように灯《とも》りが点り、鯉も興奮しているのであろうか。

「坂崎様、佐々木道場にお回りいただいたそうでご苦労でした」

吉右衛門の膝《ひざ》には先ほど届いたお佐紀の文があった。

「小田原はお変わりございませんか」

「お佐紀さんがな、日光社参の間でも江戸へお手伝いに参じたかったと書いてきました」

「お気持ちだけでも有難いことです」

と答えたのは由蔵だ。

「いえね、お佐紀様は何度かお手伝いにと旦那様に願われましたが、まだ祝言も挙げていないお佐紀さんに手伝いをしてもらっては小清水屋さんに申し訳ないと、断られたのですよ」

「そうでしたか」

磐音の合いの手に吉右衛門が、

「小清水屋の右七《ゆうしち》さんにしても、お佐紀さんと過ごされる最後の夏です。こっちの都合でそうそう江戸に出てきてくださいと願えるものですか」

と胸中を説明した。

「ですが、お艶の三回忌には、迷惑でなければぜひとも出席したいと願ってこられました」

廊下に足音がして、おこん、おそめ、おせきの三人が膳を運んできた。

おこんは吉右衛門の膳部を運ぶために座敷に入ったが、あとの二人は廊下に座し、膳を座敷の端に置くと、すぐに台所へ戻った。

「旦那様、お声が耳に入りました。お佐紀様の願い、ぜひお聞き届けください」

「おこん、そう思いますか」

「お艶様もきっとそう願っておられます」

由蔵も頷いた。

「ならばそう返事しますかな」

吉右衛門も内心嬉しそうだ。

磐音はおこんが目の前に設《しつら》えてくれた膳の、鮎《あゆ》の塩焼きについ目を奪われた。

「美味《おい》しそうでしょう。多摩川の献上鮎が手に入ったの」

「皆さんの話の最中、行儀が悪いがつい目がいってしまった」

と磐音は頭を搔いた。

「今、お酒が来ます。うちのお父っつぁんは鮎の腸《はらわた》の苦いところがいいと言うの。私は、どこが美味しいのかと思うのだけど」

「金兵衛さんは通ですな。腸の香りというか渋みは、大人でなければ分かりませんよ」

「そうでしょうか。まあ、鮎の好みをうんぬんしている分にはいいのですが」

含みを持たせたおこんの言葉に、

「なんぞ金兵衛さんは考えておられるのかな」

と吉右衛門が訊いた。

由蔵がちらりとおこんを見た。そこへおそめが燗《かん》のついた徳利と盃《さかずき》を、

「遅くなりました」

と運んできた。

「おそめちゃん、夕餉が遅くなったわねえ。皆と一緒に食べるといいわ」

おこんが許しを与えておそめを台所に戻した。そして、まず吉右衛門に酌をしながら、

「うちのお父っつぁんときたら、性懲りもなく見合いを企てているそうです」

「親心ですな。一日も早くおこんの花嫁姿が見たいのでしょう」

「旦那様、あろうことか私の縁談相手を三人見付けたとか。見合いの順番に頭を悩ましているそうです」

吉右衛門が、はあっ、という顔でおこんを見た。

「これはまた金兵衛さん、大胆なことを考えられましたな」

「で、ございましょう」

おこんが磐音と由蔵の酒器を満たした。

「呆れてものが言えません」

「たれからそのようなことが聞こえてきましたな」

おこんの視線が今度は磐音にいった。

「はい。今朝、湯屋で金兵衛どのがなにやらご機嫌のご様子でしたから、お尋ねすると、そのようなことを口にされました」

「冗談ではなく真剣な話で」

「どうもそのようです」

吉右衛門が、
くわわわっ、ふぁわわっ
と愉快そうに笑った。

「久しぶりに大笑いさせてもらいました」

「笑いごとではございません」

おこんが恨《うら》めしそうに吉右衛門を睨み、

「おこんの縁談話の前祝いにな、飲みましょうぞ」吉右衛門が、
と磐音と由蔵に言いかけ、自らも盃を干した。

「おこん、そなたには悪いが、金兵衛さんはなかなかやり手ですよ」

「旦那様、私の身にもなってください。犬の子か猫の子のように、あれがだめならこれなんて、一体全体なにを考えているのか」

ぷんぷんと怒ったおこんが、

「おあとはお三方で手酌願います」

と座敷から姿を消した。

「旦那様、おこんさんの前でこの話は禁物です」

「老分さん、おこんの前ではなく坂崎様の前で禁物なのではありませんかな」

「おや、ご存じでしたか」

「長いこと仕えてくれているおこんの気持ちが読めぬ吉右衛門と思うていましたか」

「いえ、そういうことではございませんが」

吉右衛門と由蔵の話を耳にしつつ、磐音は空になった盃を所在なさそうに手にしていた。

「ささっ、お一つ」

「恐縮です」

吉右衛門が徳利を磐音に差し出し、

「坂崎様は賢明な方です。なにを申し上げることもないが、水の流れに竿《さお》を差さなくても落ち着くところに落ち着きます」

「お言葉、肝《きも》に銘じて頂戴いたします」

と酒と一緒に吉右衛門の気持ちを受けた。

三人で四方山《よもやま》話をしながら酒を飲んでいると、店から何事か騒ぎ声が響いてきた。

磐音が立ち上がろうとすると廊下に足音が響き、新三郎が姿を見せた。

「何事です」

由蔵が訊いた。

「旗本森川安左衛門《もりかわやすざえもん》様がお見えになり、日光随行の路用の金子が不足ゆえ借用を願いたいと強談判《こわだんぱん》にございます」

「はて、森川様とな」

「御供頭《おともがしら》四百三十石にございます。うちとはこれまでお付き合いはなかったと思います」

と『武鑑』を調べたのか新三郎が即答した。

新三郎は今津屋の奉公人の中では若いが、こたびの日光社参の随行に選ばれていた。機転も利けば動作も機敏だった。

「いくら用立ててくれと言われるのです」

吉右衛門が訊いた。

「五百両にございます、質草をお持ちです」

「額が大きすぎますし、うちは質屋ではありませんよ」

「再三申し上げました。それに質草というのが変わっております」

「質草が変わっているとな」

「はい。十五になられる娘御のお満喜《まき》様です」

「娘御ですと」

と吉右衛門が目を剝《む》いた。

「はい。五百両が返せぬときは、煮て食おうと焼いて食おうと好きにせよとのお申し出です。それと、若いご家来を一人伴っておいでです」

吉右衛門と由蔵が顔を見合わせた。

「嫌がらせですかな」

「いえ、真剣なご様子で、森川様の表情はなにか物《もの》の怪《け》に憑《つ》かれた様子がございます」

「それでご奉公になるものか」

と答えた吉右衛門が腕組みした。由蔵が新三郎に訊いた。

「娘御はどうしておられるな」

「それが平然としたものです」

「新三郎どの、森川様のお屋敷はいずこかな」

磐音が訊いた。

「南割下水の長崎橋近くにございます」

「新三郎どの、今から法恩寺橋際の地蔵の竹蔵《たけぞう》親分のところに走ってくれぬか。地蔵の親分なら南割下水の旗本、御家人屋敷は手にとるように承知じゃ」

「はい」と立ち上がろうとする新三郎に由蔵が、

「新三郎、船宿川清から猪牙《ちょき》を雇いなされ。橋を渡るよりずっと早い」

と指示した。

四

磐音が潜《ひそ》む階段下の暗がりに、のらりくらりと応対する由蔵の声が伝わってきた。すでに森川主従と娘の三人が今津屋に乗り込んで、かれこれ半刻《はんとき》（一時間）は過ぎようとしていた。

「森川様、うちは質屋ではありませんでな、ましてお姫様を預かるなどお上に知れたら、分銅《ふんどう》看板を下ろさねばなりません。どうか、ほかを当たってくださいませんか」

「おのれ、番頭め。先ほどから聞いておればのらりくらりと直参旗本を虚仮《こけ》にしおって。許せぬ」

「虚仮にするなど滅相もないことでございます。うちもこたびの日光社参には大金を融通し、蔵の中はすっからかんなのでございますよ。無い袖《そで》は振れぬ道理です、森川の殿様」

「上様の日光社参にご奉公しようと恥を忍んで駆け込んだのじゃ。簡単に、はい、そうですかと引き下がれるものか」

「そうではございましょうが、五百両は大金にございます。それもお姫様の身を預かり、五百両を用立てるなど、御定法《ごじょうほう》に反します」

「今津屋、お満喜は上様随行のご奉公の助けになるならばと、潔く決心してくれたのじゃ。親孝行と忠義心に免じて五百両を貸してもらいたいと、これほどまでに事を分けて話しておるのに、それが分からぬのであれば今津屋に火をつけて、われら三人自刃《じじん》いたす」

「それはなりませぬ、森川様」

「隆太郎《りゅうたろう》、持参した油に火をつけよ」

店が騒がしくなった。

磐音が立ち上がろうとしたとき、背後で人の気配がした。

振り向くと、おこんとおそめが茶碗や急須や菓子盆を静々と運んできた。

「もう少しの辛抱よ」

二人が店へと姿を消した。

「あらあら、お姫様、表戸を下ろした店先でお暑うございましょう。お殿様も、談判に喉《のど》もお渇きになられたことでございましょう。宇治の茶を淹れました。お茶請けは室町の菓子鋪加賀大丞《だいじょう》の落雁《らくがん》にございます。どうぞご賞味くださいませ」

とおこんが茶を供した様子だ。

「お姫様、お召し上がりになられませぬか。商家の店先で茶を喫すなど無作法でございましょうか。でも、表戸は閉まっておりますし、何事も経験、時に不作法も楽しいものでございますよ」

おこんは言葉巧みに茶と菓子を勧めていた。

森川もおこんの弁舌と美貌《びぼう》に圧倒されたか、答えを失っていた。

「老分さんも勧めてくださいな。そうだ、お客様が遠慮なさっているのは老分さんが手をお出しにならないからですよ。まあ、お茶でも飲み、ゆったりしたお気持ちでご商談をお続けくださいまし」

おこんが一同を煙《けむ》に巻いたようで、店から声が消え、茶を飲む音や落雁を食べる物音が一頻《ひとしき》り響いてきた。

おそめ一人が下がってきた。

「どうであった」

「あのお姫様、おかしいですよ」

「どうおかしいな」

「だって、長屋育ちのあたしより品がないんです。おこんさんが出されたお菓子を手掴みでむしゃむしゃ食べるんです」

「ほう」

「それに目が空《うつ》ろです」

おそめはしっかりと観察していた。

「供の家来はどうだ」

「いつでも油に火を点《つ》けるぞって様子で、行灯のそばに仁王立ちです。いかにも力がありそうな体付きでした」

「よう見てきたぞ、おそめちゃん」

と磐音が応じたとき、奥から新たな人の気配がした。

地蔵の竹蔵親分と新三郎だ。

「なんとか間に合いましたかえ」

「地蔵の親分、森川様をご存じか」

「ご存じもなにも、南割下水では出入りの商人《あきんど》泣かせのお屋敷でしてねえ。あの界隈では森川と聞いただけで棒手振りも逃げ出すくらいなんで」

「娘を質草に五百両の掛け合いだ」

「坂崎様、それなんですよ。森川安左衛門様は倅《せがれ》が二人だけでしてね」

「やはり偽の娘であったか」

「いえ、いるにはいたんでさあ。ところが今から十四、五年も前、宝暦《ほうれき》十一年（一七六一）の夏に流行《はや》った熱病で亡くなられております。たしか二歳か三歳の頃合いでさあ。その後、森川様の奇矯《ききょう》が始まりましてねえ、御供頭のお役も辞めざるをえなくなり、今では小普請組《こぶしんぐみ》ですよ。内所《ないしょ》もかなり苦しいはずです」

「無役というと、こたびの社参の随行はどうなっておるな」

「あの様子では随行なされてもお役に立たないどころか、騒ぎを起こされましょう。わっしは日光社参など無縁と思いますがねえ」

「日光社参に事寄せて五百両を拝借しようと企《たく》らんだか」

「へえっ、まずはそんなところかと」

「助かった」

「坂崎様、森川様はその昔、御番衆が集まっての武芸仕合にて第一位になられた剣術の達人で、居合いもよく遣われると聞いたことがありまさあ。なにしろその腕があるもんで、南割下水界隈の商人はつけ買いを断るに断れないんで」

「はて、どうしたものか」

「いつまで居座られても、今津屋さんもお困りでしょう」

「明日からのことを思うと一刻も早く退散してもらいたいところだ」

磐音は新三郎に、

「それがしと衣服を交換してくれぬか」

と言うと手早く脇差《わきざし》を抜き、小袖を脱いだ。新三郎も縦縞《たてじま》の単衣《ひとえ》を脱ぎ捨て磐音に差し出した。二人は階段下で衣服を交換し合った。

「なんぞ帳簿のごときものがあるとよいが」

新三郎が奥の控え部屋から大福帳を持ってくるついでに、前掛けも持参した。

「坂崎様、まずは前掛けを」

「よう気が付いたな」

前掛けを締めた磐音が帳簿を受け取り、商人の手代らしく腰を屈《かが》めた。すると竹蔵が、

「わっしも面《つら》を出しましょう」

と磐音に従う気配を見せた。

「親分、供の者が油を用意しているそうだ。火だけは出したくない」

「油までとはねえ」

竹蔵が呆れ顔で、

「直参旗本の名が泣きますぜ」

と言い、

「そっちはわっしがなんとかいたします」

と請け合った。

二人が店に出たとき、森川安左衛門が上がりかまちから立ち上がり、手に提げていた刀の柄《つか》にもう一方の手を添えたところだった。

「もはや談判もこれまで。刀にかけても、ご奉公に入り用の五百両、借り受けるぞ」

「おや、森川の殿様ではございませぬか」

地蔵の竹蔵が人のよさそうな声を張り上げた。

森川が竹蔵をじろりと見て、

「法恩寺橋際の蕎麦《そば》屋が、何用あって西広小路まで出張《でば》って参った」

と睨んだ。どこか言葉の矛先が鈍った感じもあった。

「今津屋さんにはかねがねお世話になっておりましてねえ、近くを通りかかったもんですから、ご挨拶に立ち寄ったのですよ」

竹蔵が応じる間に磐音が由蔵の前に帳簿を広げて座り込み、なにかを伺う体《てい》を見せた。由蔵と森川の間に素早く身を入れたのだ。

じろり

と森川が磐音を見た。

磐音は帳簿を広げてみせた。

「森川様、話は聞かせてもらいました。日光社参で五百両はちと不味《まず》うございますよ。それに殿様のところのお姫様は十五年も前に亡くなられて、こんな歳《とし》のお姫様はおられませんや」

と地蔵の竹蔵が娘を見て、

「おや、おめえは森川家の台所女中のおまき、じゃあねえか。亀戸《かめど》村から飯炊き奉公に出たおめえが借り着のべべを着て、森川様の田舎《いなか》芝居にひと役買ったか」

「おのれ、御用聞き風情が田舎芝居とぬかしおったな。許せぬ、それに直れ！」

森川の態度が豹変《ひょうへん》した。

「これは口が滑りました。ひらにご容赦《ようしゃ》を。ほれ、殿様、このとおり」

と土間に飛び降りた竹蔵が土下座でもする格好を見せた。だが、低い姿勢のまま、油壺を翳《かざ》した供の隆太郎の腰に体当たりした。

二人が絡《から》んで土間に倒れた。

「騙《だま》しおったな、御用聞きめが」

森川が手にした太刀《たち》を抜かんとした。

磬音が膝の前に置かれた茶碗を握ると、
発止！

とばかりに森川の額に投げた。

ごつん！

という音を立てて茶碗が二つに割れ、森川がよろめいた。

その隙《すき》に磬音も土間に飛び降り、森川が剣を振り上げようとしたその腕を取り、逆手に回した。それでも暴れようとする森川の鳩尾《みぞおち》を磬音の拳《こぶし》が突き上げ、
がくん
と森川の腰が落ちて土間に尻餅《しりもち》をついた。

一瞬の技であった。

伸《の》しかかる竹蔵の体を弾《はじ》き飛ばして立ち上がる隆太郎に、森川の抜き身を奪い取った磬音が峰に返して、するすると迫り、こーんと眉間《みけん》を叩いた。

こちらも他愛なく崩れ落ちた。

反対に地蔵の親分が飛び起きた。

その騒ぎをおまきが呆《ほう》けた顔で見ていた。

ふうっ

と竹蔵が息を吐き、

「坂崎様、この始末どうしたもので」

と訊いた。

「本来ならば目付に引き渡すのが筋にござろうな。だが、目付に渡せば森川家には改易のお沙汰《さた》も下されよう。なにしろ日光社参を間近に控えた今津屋を騒がせたのだからな」

磐音は由蔵に指示を仰ぐよう振り向いた。

「うちになにがあったわけでもございません。このまま森川主従を屋敷に戻しますか」

「ならばわっしが屋敷まで届けましょう」

と竹蔵が裸足《はだし》の足裏の泥を払った。

「親分、それがしも参ろう」

「坂崎様がご一緒だと心強いや」

「川清に小吉《こきち》さんの猪牙を待たせてございます」

と番頭の新三郎が叫び、騒ぎが静まった。

大川の頭上に半月がかかり、猪牙舟の船底に転がる森川安左衛門と供侍の体を照らし付けていた。

舳先《へさき》には、亀戸村から奉公に入ったというおまきが相変わらず空ろな表情で乗っていた。

「坂崎様お一人で今津屋さんは大丈夫ですかえ」

「明日からは佐々木道場の門弟衆と品川さん方が詰めることになっている」

そうでしたか、と返事をした竹蔵が、

「森川様は今晩でようございましたよ。明晩ならば佐々木道場の方々に打ち据えられて、目付に差し出されるところでしたよ」

「四十八年ぶりの日光社参ゆえ、なにが起こっても不思議はない」

「竹村の旦那も明日から今津屋詰めですか」

「そのつもりで品川さんが長屋を訪ねることになっている」

「早まったかな」

と竹蔵が磐音を見た。

「今日の昼間のこってす。竪川《たて》南にある陸奥《むつ》黒石《くろいし》藩一万石の津軽《つがる》様のお屋敷前を所用で通りかかったんでさあ。そしたら、中間《ちゅうげん》のお仕着せを着た旦那が、地蔵の親分ではないかと声をかけてきたんでさあ」

「なにっ、黒石藩の中間に奉公が叶ったとな」

思い切ったことをしたものだと磐音は訊いた。

「いやさ、黒石藩なんて小名は普段から奉公人の数を切り詰めておりましょう。いざ、参勤交代ともなると口入屋から臨時に挟箱《はさみばこ》持ちなんぞを雇い、江戸府内を出るまで格好をつける。だが、日光社参ともなると三百諸侯が威勢を整えるので、黒石藩まで手が回りませんや。そんなわけで竹村の旦那は津軽様の行列に雇われ、日光に参られるんですよ」

「声をかけるのが遅かったかな」

「早まりましたよ。だって黒石藩の給金は知れてまさあ。そこへいくと今津屋は三度三度の飯にありついて、日当も何倍もいいですからね」

「残念だな」

「いえ、今津屋さんは竹村様を雇わなくてほっとなされましょう。だが、竹村様はがっくりなさいますぜ」

両国橋を斜めに潜り、大川を横断した小吉の猪牙は竪川へと入っていった。

三ッ目之橋に差しかかったとき、磐音は猪牙舟から顔を上げて、黒石藩の上屋敷の方角を見た。

武左衛門《ぶざえもん》はすでに中間屋敷で眠りに就いているのか。

小吉は巧みに櫓《ろ》を操って横川へと舳先を曲げ入れ、長崎橋際でさらに南割下水へと進めた。

「小吉つぁん、ここいらでいいぜ」

と猪牙舟を止めた竹蔵は、

「おまき、屋敷に着いたぜ。もう、お姫様の格好はなしだ」

おまきが黙って頷いた。

磐音と竹蔵は、まだ気を失ったままの森川の手足を持ってまず河岸道に上げた。

「森川様の屋敷でさあ」

磐音が見ると、片番所付きの長屋門の表戸も板壁も屋根も夜目にも荒れて、長年手入れされていないのが分かった。

「門番所には門番なんぞいたことはございやせん。もっとも、森川家にたれぞ訪ねてくる気遣いもねえからね」

二人は森川の体を閉じられた門扉の前に横たえ、続いて供侍を運んできた。するとおまきも一緒に従ってきた。

「息を吹き返させるか」

「坂崎様、また騒ぎ出しても面倒です。あとはおまきに任せましょう。それくらいはなんとかするでしょう」

と言うと、

「おまき、屋敷を叩き起こせ」

と命じるやさっさと猪牙舟に引き返した。

磐音も続いた。

二人を乗せた猪牙舟は艫《とも》から横川へと戻っていった。堀幅九尺の南割下水は狭くて舳先を巡らすことができなかったからだ。

「坂崎様、森川様にこれ以上の動きがあるかないか、わっしも目を凝らしていまさあ」

「頼んだぞ」

「日光道中恙《つつが》無く終わることを祈ってますぜ」

「上様のためにも今津屋のためにもそうありたいものだな」

「へえっ」

と声を残した竹蔵が長崎橋の手前で河岸道に舟から飛んだ。

「助かった」

「これがわっしの仕事でさあ」

竹蔵はそう言うと長崎橋を渡り、北側に架かる法恩寺橋際へと歩いていった。

小吉の漕《こ》ぐ猪牙舟は反対に南へと向かった。

「坂崎様、日中は千住大橋まで、荷駄《にだ》を積んだ船が延々と大川を遡《さかのぼ》ってますぜ。わっしらもいつも以上に気を遣います」

見えないところですでに日光社参は始まっていた。

「坂崎様も日光に参られるので」

「今津屋どのが御用を承ったゆえ、それがしも同道することになった」

「当代様は神君家康様になにをお願いなさる気かねえ。大勢の人を引き連れて莫《ばく》大《だい》な路銀を使ってよ、ご利益《りやく》があるとも思えねえがねえ」

小吉の声が大川に切なく流れた。

大川に浮かぶ舟は小吉の猪牙舟だけだった。

半月に照らされた舟はゆっくりと神田川へ戻っていった。

磐音が今津屋に戻ったとき、九つ（夜十二時）に近かった。

店には老分番頭の由蔵とおこんが待っていた。

「ご苦労でしたな」

「今、燗をつけるわ」

とおこんが気にした。

「おこんさん、酒はもうよい」

「明日には若年寄鳥居《とりい》伊賀守《いがのかみ》様の先遣隊が江戸を出立しますでな、いよいよ、大騒ぎの始まりです」

三人は一大行事を前にした騒ぎを黙然と思い返していた。

第二章　出立前夜

一

将軍家治の江戸出立を二日後に控え、磐音は道中の仕度より、今津屋の警備の準備に追われることになった。

七つ半（午前五時）に今津屋の店の奥、階段下の小部屋で目を覚ました磐音は、道中に携帯する予定の脇差粟田口吉光を腰に差し、備前長船長義を手に台所に行った。するとすでにおこんが勝手女中のおつねやおきよや臨時雇いの女衆を指揮して、朝餉の仕度を始めていた。

若いおこんにとって、昔奉公していた女衆を一時雇い入れることは力にもなることだが、同時に気苦労の種でもあった。なにしろおこんの倍ほど歳を食った女衆もいれば、おこんが奉公を始めたときにすでに老練の女中だった者も混じっていた。

だが、おこんはそのことを割り切って丁寧《ていねい》な口調ながら毅然と対応し、相手に不満を抱かせないようにしていた。

「あら、まだ少し早いわよ」

「店の周りを見回り、ついでに体を少し動かしておこうかと思うてな」

「大変ね」

「女衆の戦いはすでに始まっておる」

磐音は言い残すと広い台所の土間から裏庭に出て、さらに裏戸を開いた。すると幅一間半ほどの路地が今津屋の裏手を南側から東側へ、鉤《かぎ》の手に取り巻いていた。

磐音は長船長義を差し、路地を西に出て、入堀に向かう通りを眺めた。

朝靄《あさもや》が立ち、裏手の武家屋敷辺りで中間《ちゅうげん》が掃除をしているのが見えた。

米沢町の裏手の一角は旗本村越家二千五百石をはじめ、直参旗本、御家人が屋敷を連ねる武家町だった。

異変はないようだと磐音は路地を引き返し、鉤の手に今津屋の長い塀に沿って、南側から東側へと回った。

路地には防火のための天水桶《てんすいおけ》が積んであったがここも異常はない。

ちらり
と今津屋がこたびの日光社参のために空けた長屋の木戸口に目をやった。路地を挟んで南側にある長屋も、静かに朝が明けるのを待っている風情があった。

長屋は九尺二間の棟割《むねわり》ではない。敷地百余坪に二階建ての上下三間の畳敷きと板敷きの一部屋を持つ、一棟三軒の二階長屋が二棟あった。

今津屋ではこたびのために二棟ともに空けていた。が、すでに奥の一棟は臨時に雇われた女衆のために使われていた。

木戸口では早咲きの紫陽花《あじさい》が淡い紫を朝靄に見せていた。

磐音は注意を両国西広小路に向け直し、火除地《ひよけち》に出た。すでに職人衆が仕事場に急ぐ姿が見られ、魚河岸からの帰りの大八車が威勢よく両国橋へと走っていった。

今津屋は今のところなんの異変もない。

磐音は長屋の木戸口を入り、井戸端を独り稽古の場に選んだ。井戸前が三十坪ほどの空き地になっていたからだ。

磐音は長船長義と粟田口吉光を腰に落ち着かせるように差し直した。

長船長義の鯉口《こいぐち》を切り、静かに刃長二尺六寸七分の大業物《おおわざもの》を抜いた。

長義は正宗《まさむね》十哲の一人で、華やかな作風で知られ、身幅広目を得意とした。むろん浪々の磐音が持ち物にできる代物ではない。

過日、今津屋の蔵に眠っていた逸品を豆州熱海《ずしゆうあたみ》に吉右衛門の供で行く際に借り受けたものだ。愛用の包平《かねひら》を手入れに出し、磐音は脇差だけだった。

今津屋では日頃の磐音の仕事ぶりに応《こた》えんと貸し与えるという名目で贈ったものだ。

越前辺りの大名家が金子に困って今津屋に預けた逸品、大名道具といえた。刃には大互《だいぐ》ノ目丁子が見られ、鍔《つば》は赤銅魚子《しやくどうななこ》地に竹が配されて、質実堅牢の趣があった。

こたびの御用に慣れた包平を選ばず、長義を携えようとした理由は、黒刻塗打《くろきざみぬりうち》刀拵《がたなこしらえ》にあった。かたちばかりとはいえ勘定奉行の太田正房の家来として随行するのだ。浪々の身になって多くの血を流した包平よりも黒塗の拵《こしら》えがよかろうと考えたのだ。

携行するにあたり、本所吉岡町裏の御家人にして研ぎ師の鵜《う》飼百助《かいももすけ》老に手入れを頼んでいたため一点の曇りもない。

刃《やいば》を鞘《さや》に納め、両足を開いて左足を少し前に出し、改めてその足を引くと腰を沈めた。

呼吸を静かに整え、無音の気合いとともに右手が躍った。

大業物が再び朝の大気に触れ、円弧を描いて振り上げられた刃が一条の光に変じて空気を軽やかに両断した。

虚空に跳ねた刃は谷川を遡上《そじょう》する山女《やまめ》のように身を躍らせて、頭上で反転し、体に引き付けると同時に左右八の字に切り分けられた。さらに左から右へ車輪に引き回され、次には反対に胴打ちが決まり、ついには磐音の左手が長船長義の切っ先の峰に添えられ、その姿勢のままに刃の方向だけが転じられて、肩越しに後方へと突きが決まった。

磐音は半刻（一時間）あまり体を動かし、長船長義を振るい続けた。

うっすらと汗をかいた磐音は稽古をやめ、今津屋の裏口から庭へ戻り、井戸端に向かった。

おそめが釣瓶《つるべ》で水を汲《く》んでいた。

「坂崎様、おはようございます」

「おそめちゃんか。昨夜《ゆうべ》は寝るのが遅かったで眠かろう」

「もうどなたも起きておられます」

「明後日には本隊も江戸を出るでな。そうなればおそめちゃんたちも少しはのんびりできよう」

おそめは釣瓶の水を桶《おけ》に注ぎ、これを使ってくださいと、腰に下げていた真新しい手拭《てぬぐ》いを井戸の縁《へり》においた。

「おそめちゃんの手拭いを使って相すまぬ」

と言いながらも磐音は釣瓶で新たに水を汲み上げ、おそめの桶を満たした。

「有難うございます」

おそめが早々に台所に姿を消した。

磐音は諸肌脱ぎになり、おそめから借り受けた手拭いを桶に浸すと固く絞り上げ、顔から胸を丁寧に拭《ぬぐ》った。その間にも女衆や小僧の宮松たちが桶を提げて水を汲みに来た。

「坂崎様、お稽古ですか」

「宮松どのは拭《ふ》き掃除か」

「お店《たな》の板の間は広いから、何杯も水汲みをさせられるんです」

「お客様が不快な思いをなさると両替屋行司今津屋の体面にも関わるでな、掃除に手を抜いてはいかんぞ」

「でも、きりがないくらい広いんですよ」

と宮松が訴えた。

からからと笑った磐音が、

「宮松どの、佐々木道場の板の間に比べると今津屋はまだまだ狭い。それがしが道場に住み込んだ折り、夜明け前に広い道場を数人の門弟方と端から端まで腰を落として拭きまくったものだ。それが果てしなく続く。そのときは剣術の稽古のため住み込みをしておるのに朝から拭き掃除かと不満に思わぬでもなかったが、お蔭《かげ》で腰がしっかりと強くなった。なんにでも隠された意味があるものだ」

「お店の拭き掃除にも意味がございますか」

「おおっ、あるとも」

と二人が問答をしていると、手代の保吉《やすきち》が姿を見せて、

「宮松、水汲みに行ったまま戻ってこないと支配人が怒っておられますよ」

「はあっ、大変だ。林蔵さんの小言は長いんです」

宮松が水を汲んだ桶を提げて、店へと走り戻った。

「宮松は坂崎様がお優しいのを承知で甘えているのです」

「そうか、それがしが甘えさせておったか。保吉どの、これから気を付けよう」

「いえ、坂崎様に注文をつけたわけではございません」

保吉が困った顔をした。

店に戻ったはずの宮松がまた姿を見せ、

「坂崎様、品川様がお見えです」

と知らせた。

その後ろから品川柳次郎がいささか困った顔で姿を見せた。

「坂崎さん、竹村の旦那の都合がつきません」

「陸奥黒石藩の挟箱持ちで日光社参に出られるとか」

「なんだ、坂崎さんはすでに承知しておられましたか」

急に力が抜けた体《てい》で、柳次郎は井戸端にあった縁台に腰を下ろした。それは女衆たちが洗い物をしながら休んだり、洗った器を置いたりするためのものだった。

「いや、それがしも昨晩遅くに地蔵の親分から教えられました」

磐音は地蔵の竹蔵が今津屋に呼ばれた経緯《いきさつ》を告げた。

「そんなことでしたか」

と懐《ふところ》から手拭いを出した柳次郎が、

「今朝一番で長屋を訪ねたら、勢津《せつ》どのが、竹村の旦那は大名家の臨時雇いを引き受けたと言われました。それで慌てて橋を渡ってきたのです」

「朝から汗をかかせて申し訳ありません」

「どうします。たれぞ応援を探しますか」

「佐々木道場に掛け合えば、一人二人はなんとかなりましょう」

「そうですね。本所界隈で急に人探ししても、ろくな者は残っていませんからね。佐々木道場の門弟衆なら身許も腕も保証つき、なんの心配も要りませんね」

と柳次郎がほっとした顔をした。

「そうだ、品川さんに今津屋の長屋を見ておいてもらおう」

磐音は急いで肩脱ぎの単衣の袖に腕を通すと、裏口から路地へと柳次郎を案内した。

「こんなところにも家作をお持ちでしたか」

「数年前にたれぞの持ち物だったものを買い取ったと聞いております。老分どのはまさか日光社参の役に立つとは、空けておいた甲斐《かい》があったと言うておられた」

磐音と柳次郎は木戸を潜《くぐ》った。

今津屋の真後ろなので差配の大家はいなかった。

一番手前の戸を開いた。戸締りされた屋内は薄暗かった。

磐音と柳次郎が手分けして格子窓や雨戸を開けた。するときれいに掃除された板の間と六畳の居間が浮かび上がった。

「これはわが家より手入れが行き届いているな」

柳次郎が洩らした。

部屋の隅には夜具も積んであった。水甕《みずがめ》にも水が張ってあったが自炊をするわけではなかった。

「二階を見てみますか」

階段を上がり、二階の窓も開けて風を入れた。八畳に六畳、物干し場まで設《しつら》えられた長屋は、稼ぎのいい鳶《とび》の頭《かしら》か通いの番頭か、あるいはお妾《めかけ》さんが住まいする長屋の造りだ。

「二階におられますか」

下から由蔵の声がした。二人が下へ降りると由蔵が、

「早速の下調べ、ご苦労にございますな」

「断りもなしに検分しておりました」

「どうですな」

「申し分ございません」

磐音の答えに、

「奥に女衆が住まいしておりますでな、この長屋の差配は気心が知れた品川様にお頼みしたいのですが」

と由蔵が柳次郎を見た。

「佐々木道場の猛者《もさ》を差し置いてそれがしに務まりましょうか」

「品川さんならば打ってつけ、申し分ありませんよ」

磐音も声を揃《そろ》え、

「ならば、今宵からこの入口の板の間で寝泊まりさせてもらいます」

「二階長屋が三つで、畳部屋の数は都合九つ、たっぷりとございますよ。この階下は品川様に勝手にお使いいただきます」

「北割下水に戻るのが嫌になりそうだ」

三人は敷地を見て回った。奥の棟との間に井戸があり、厠《かわや》はそれぞれの棟の横手にあった。緑もあって両国西広小路近くとは思えないほど静かだった。

「老分どの、坂崎さん、それがし、いったん屋敷に戻り、昼過ぎには改めて出直して参ります」

「品川様、それはよろしいが、朝餉を食していかれませ。食べながら話でもいたしましょう」

気心の知れた三人が今津屋の台所に戻ると、奉公人の男衆が膳を前に箸をとっていた。

「老分さん、後見、お先にいただいております」

支配人の林蔵が言い、由蔵が、

「今宵から佐々木道場の方々が寝泊まりなされます。普段と人の出入りが違いますでな、お侍衆のことで分からぬことがあったら、品川様に訊いてください」

と男衆や女衆に告げた。

「品川様、よろしくお願い申します」

林蔵が言い、柳次郎もこちらこそと慌てて頭を下げた。

「ささっ、お三方、こちらに膳が用意してございますよ」

おこんが、由蔵と磐音が台所で食べるときの定席、大黒柱の下を指した。

朝餉は塩引きの鮭《さけ》とがんもどきと蕗《ふき》の煮物で、味噌汁《みそしる》の具は豆腐と若布《わかめ》だった。

「がんもどきが美味そうだ」

磐音は煮物の鉢に目がいったが、さすがに今朝は食べ物に没頭するわけにはいかなかった。

「先ほど坂崎さんからちらりとお聞きしましたが、南割下水の森川様が面倒を持ち込まれたそうですね」

と味噌汁を啜《すす》りながら柳次郎が昨夜の話に水を向けた。

「地蔵の親分が手際よくさばいてくれましたよ」

と由蔵が答え、磐音が改めて騒ぎの顚末《てんまつ》を語った。

「先代の森川様はなかなかの人物で、供頭の中でも森川ありと音に聞こえた豪傑だったそうです」

「当代も腕に覚えありと聞きました」

「森川家は男子に恵まれず、先代が甥《おい》を養子にしたと聞いています」

柳次郎の家も代々の御家人だ。本所割下水の旗本家のことはよく承知していた。

「ご養子でしたか」

「お内儀とは従兄弟《いとこ》同士です。お二人は二人の倅と一人の娘御に恵まれました」

「その娘御が幼い折りに流行病《はやりやまい》で亡くなられたとか」

「はい。目に入れても痛くないほどに可愛がっていた娘を亡くしてのち、安左衛門様はおかしくなられたそうです」

「人間とは意外に脆《もろ》いものですな」

と由蔵が言うところに、

「こちらに坂崎どのはおられるか」

という胴間声《どうまごえ》が響いて、台所の土間に尻切《しりき》り半纏《ばんてん》に脛《すね》を出した中間姿の竹村武左衛門が立った。

「竹村の旦那！」

品川柳次郎が呆然《ぼうぜん》と竹村の格好に目を留めた。

「着替える暇がなかったのだ」

武左衛門がお仕着せの袖を引っ張った。

「こちらで人を求めておられるというではないか。家から屋敷に知らせが入ったで、駆け付けて参った」

「それはご苦労にございました」

と由蔵が答え、柳次郎が、

「旦那はすでに陸奥黒石藩に雇われ、日光に行くことが決まっておると聞いたが」

「柳次郎、小名の挟箱持ちより、なんぼか今津屋のほうが待遇がよかろう。それがし、鞍替《くらが》えいたす」

という武左衛門のあっけらかんとした宣告に、磐音たちはしばし答える術《すべ》を失った。

「なあに口入屋で代わりを立てればいいことだ」

「旦那にかかればすべてが簡単だなあ」

柳次郎が呆れ顔で呟《つぶや》いた。

「おう、世の中、複雑に考えてはいかぬぞ。水は高きより低きに流れる。反対に、一文でも金子の高いほうに吸い寄せられるのは道理だ」

「竹村さん、それがしが声をかけるのが遅くなり申し訳ありません」

「坂崎さん、遅くはない。なんでもやり直しはきくものだ」

「いいえ、竹村さん、それはいけませぬ。津軽様は竹村さんをお雇いになって頼りにしておられるはず。それを別の働き口が見つかったからといって鞍替えしては津軽様もお困りになり、今津屋どのも二の足を踏まれる話。竹村さんの今後の信義にも差し障《さわ》ります。こたびは我慢して、津軽様の御用を全うしてください。それがしからもお願い申します」

「坂崎さん、お手前は堅いな。それでは世の中が窮屈でいかんぞ。のう、由蔵どの」

と武左衛門の視線が由蔵にいった。

「竹村様、こたびの一件、うちの後見の申されることが正しゅうございます。雇い奉公であろうと津軽様に約定《やくじょう》されたお方を引き抜いたとあっては、今津屋の体面にも障りがございます。こたびは我慢なされて、津軽様のお仕事を立派にこなしてくだされ」

「駄目かのう」

武左衛門はどうにも諦めきれない様子だ。

「旦那、それがしも一旦本所に戻る。津軽様のお屋敷まで付いていってやろう。一緒に戻ろうか」

柳次郎がきっぱりと言い、立ち上がった。

「そうか、こたびは運がなかったか」

中間姿の武左衛門がなんとも情けない顔をした。

磐音はもう少し早く思いつくべきだったかと後悔した。

二

本多鐘四郎に率いられた十人の佐々木道場門弟が、隊伍をなして今津屋に姿を見せたのは昼下がりの刻限だ。門弟たちは袋竹刀《ふくろしない》や木刀や風呂敷包みを携え、商家に寝泊まりすることに興味津々の表情だった。

そのときにはすでに品川柳次郎も本所を往復して、長屋入りしていた。

むろん坂崎磐音が見知った面々で、道場を代表する糸居三五郎《いといさんごろう》、田村新兵衛《たむらしんべえ》、今戸永助《いまどながすけ》、それに若手の二羽の軍鶏《しゃも》、重富利次郎《しげとみとしじろう》と松平辰平《まつだいらたつぺい》も加わっていた。

重富は土佐高知藩山内家の家臣、辰平は旗本八百七十石松平喜内《きない》の次男坊だ。二人ともこたびの日光社参には随行の話などなく、今津屋泊まり込みに加わることになったのだ。

「両替商の店頭に入るのは初めてだぞ」

「ほう、なかなか壮観だな」

「意外に武家の姿も見られるぞ」

と感心する面々を磐音が出迎え、

「本多様、まずはお長屋に案内《あない》申します」

といったん店を出て、裏へと回った。

木戸口には柳次郎とおこんが並んで立っていた。おこんと柳次郎は、面々が滞在する長屋の戸や窓を開け放ち、風を入れて回ったところだった。

「ご苦労さまでございます」

と出迎えたおこんに本多鐘四郎が眩しい視線を送り、

「そなたが評判の今小町、おこんさんにござるな」

と笑いかけた。

「本多様はお口がお上手ですこと」

「いや、それがし、口と腹は一緒でな」

二人が掛け合うのを道場の門弟たちが珍しそうに見ていた。

「師範直々《じきじき》にご引率とは恐れ入ります」

磐音が改めて鐘四郎に礼を述べた。

「初めての夜ゆえ、間違いがあってはならぬ。それがしも泊まり込むことにした」

「それは心強いことです」

「磐音、先生の命でな、よしなに頼む」

「師範、それがしと昵懇《じっこん》の付き合いの品川柳次郎さんにございます。品川さんはそれがしよりも今津屋とは古い知り合い、なんでも承知です。こたびの警護の番頭格として、お長屋の入口の部屋に陣取られます。なんぞ分からぬことがあればお尋ねください」

と紹介すると鐘四郎が、

「よろしくお願い申す」

と言葉を返し、門弟たちも頭を揃えて下げた。

「店には、路地を挟んであの戸口より出入りするのがよろしいかと思います。店の中は、店の大戸を下ろした後に皆様に見ていただきます。まずは品川さんが陣取るお長屋でこれからの手配りをいたしましょうか」

磐音の言葉で鐘四郎を先頭にぞろぞろと長屋に入り、

「道場の部屋よりも小綺麗《こぎれい》だぞ。風も吹きぬけて気持ちがいい」

「二階もあるのか、このような町中にあるとは思えぬもの静かな長屋だな」

などと一頻り感想を述べた。

なにしろ大半が二十歳前後と若いのだ。町屋の暮らしのすべてに興味と関心があるらしい。

階下の六畳と板の間の思い思いの場所に腰を下ろし、

「水田忠輔《みずたただすけ》にござる。よしなに」

「道場では痩《や》せ軍鶏と呼ばれる松平辰平にございます」

などと自己紹介が行われ、鐘四郎が率いてきた十人の部屋割りをてきぱきとした。

そこへ今津屋の老分番頭の由蔵が姿を見せて、

「老分番頭の由蔵でございます。こたびは佐々木道場のご門弟衆には無理なお願いを申し上げて恐縮しております。どうか家治様の日光社参を陰から支えるお仕事とお考えの上、よろしくお務めくださいますようお願いいたします。あとで主《あるじ》の吉右衛門もご挨拶に罷《まか》り越します」

と挨拶した。

「老分番頭どの、主どのは多忙の砌《みぎり》、そのような斟酌《しんしゃく》は要らぬ。われらは使命を承知しておるゆえ粛々と御用を務めさせていただく」

「本多様、有難いお言葉にございます」

と由蔵が返答したところに、おきよやおそめたちが茶器や茶菓子を持って姿を見せた。

「勝手女中のおきよですよ。皆様の三度三度のご膳を用意します」

由蔵が女衆を引き合わせると、若い門弟たちはおそめをちらりと見たりした。

「こら、利次郎、女衆にちょっかいなど出すでないぞ」

「師範、それがし、そのようなよからぬことは考えておりませぬ」

重富利次郎が頭を掻いて抗弁し、一座から笑い声が起こった。

「皆様がご宿泊なればまず大事は起こらぬと思います。坂崎様と私は日光へ参りますが、おあとをよろしくお願い申します」

「老分番頭どの、お任せあれ」

と鐘四郎が胸を叩いた。

磐音が今津屋の絵図面を広げ、一同に見せた。

「昼間と夜では警護の仕方を変えねばなるまい。とは申せ、われら武骨者が店先をうろうろするのもいかぬな、坂崎」

「その辺は品川さんと話し合いまして、昼間は品川さんをはじめ、何人かが奉公人に変装して、店奥にある階段下の小部屋に詰めることを考えております」

「なにっ、町人姿とな」

「師範、差し障りがございますか」

「なんでも経験よ。それにこれは上様へのご奉公じゃ、構わぬ」

と鐘四郎が答え、

「本隊はこの長屋に詰めるか。一旦事が起こったときには迅速に連絡《つなぎ》を取らねばならぬが、どうするな」

「店の裏戸の内側に常に見張りを立て、そこを中継して店と長屋との連絡を取り合うというのではいかがでしょう」

「もう一工夫要るな」

警護の仕方、人員の配置、十人を二人ずつの組に分けての交替制、食事、湯屋など諸々のことが話し合われた。

道場の面々が決められた長屋の部屋に落ち着き、鐘四郎がまず階段下の小部屋を検分したいというので柳次郎が案内に立った。

磐音が二人と一緒に店に戻るとおこんが、

「坂崎さん、そろそろ着替えをしてくださいな」

と声をかけた。

本日、磐音は吉右衛門、由蔵、新三郎と同道の上で下御勘定所を訪ねることになっていた。武家方の出納《すいとう》担当と町方の応援組が初めて一堂に会して顔合わせすることになっていたのだ。むろん実務方はそれぞれの部署ですでに顔合わせも済ませ、実際の作業に入っているところもあった。

だが、太田正房が多忙のために、一同が顔を合わせる時間がとれなかったのだ。

「お召し物は奥に用意してございます」

おこんは、便宜上、勘定奉行太田播磨守正房の家臣となる坂崎磐音に、白地の小袖に黒の無紋羽織、別織の縦縞の袴《はかま》を用意していた。

「坂崎さんのご身分は、太田様の内用人だそうよ」

「まさか旗本家の家臣になるとは思わなかった」

磐音が部屋の隅で着ていた衣服を脱ぐと、おこんが夏の下着と小袖を着せかけた。おこんの手伝いで、たちまち旗本家の家臣ができあがった。

脇差粟田口吉光を腰に帯びるとおこんが扇子《せんす》を差し出した。

「夏だから扇子を持っていくといいわ」

「なんだか、勤番者に戻ったようだ」

「たまにはしゃっきりするのもいいでしょう」

磐音の髪をおこんが自らの頭に差していた櫛《くし》で手際よく直して、

「これで大丈夫よ」

と磐音の形《なり》を点検して送り出してくれた。

店に行こうと階段下の小部屋の前を通りかかると、町人姿の柳次郎と佐々木道場師範の格好の本多鐘四郎が詰めていた。

「裏戸口にはすでに門番を立てておる。それに、なにがあってもいいように、この小部屋から裏長屋に鳴子《なるこ》を引くことが決まった」

「考えられましたな」

「今戸永助の知恵でな。あやつ、細々《こまごま》とした細工や大工仕事が巧みなのじゃ。今、裏長屋で竹や綱を集め、嬉々《きき》として鳴子を作っておるぞ」

と鐘四郎が笑った。

「出かけて参りますが留守をよろしく」

「坂崎、大船に乗ったつもりで行くがよい」

師範が胸を張った。

店には新三郎が外出の仕度を終えて待っていた。由蔵は帳場格子の中で留守の間の指示を支配人の林蔵と和七《わしち》にいろいろと申し送りしていた。

店前に、

「お呼びですかえ」

と米沢町の駕籠《かご》伊勢の参吉《さんきち》と虎松《とらまつ》が姿を見せると、新三郎が、

「ただ今、旦那様が参られます。ちょいとお待ちを」

と声をかけた。

あいよ、と答えた参吉が腰の竹筒の煙草《たばこ》入れから煙管《きせる》を抜いて一服つける様子だ。

「小僧さんよ、火を貸してくんな」

小僧の登吉《とうきち》がお客用の煙草盆を持って、人のよさそうな参吉に差し出した。

「ありがとよ、小僧さん。おめえもよ、しっかりと精を出して働き、今津屋さんのような大きなお店の主になるんだぜ」

「親方、それは無理ですよ」

「なんで無理だ」

「だってうちには奉公人だけでも手代さんから番頭さん、老分番頭さんと、何十人もおられるのですよ。そうそう簡単にお店が持てるものですか」

「二、三年の辛抱じゃあ無理か」

「無理ですね。手代にだってなれるかどうか」

「老分番頭の由蔵さんが、まだあのとおりぴんぴんしておられるからな。つっかえてよう、なかなか下が上に行けねえや」

「参吉さん、私が死なないのがいけないみたいな話ですね」

「おや、いつの間に煙草の煙みてえに、帳場格子から出てこられたんですかい」

参吉が驚く様子も見せずに言ったとき、店にぴーんとした気が漂った。

吉右衛門が外出の仕度で出てきたからだ。おこんが主の持ち物を持って従っていた。新三郎がおこんに走り寄り、受け取った。

「しばらく出て参ります」

「行ってらっしゃいませ」

奉公人一同が声を揃え、店前の駕籠に吉右衛門が乗り込んだ。

「兄弟、駕籠を上げるぜ」

「あいよ」

「参吉さん、行き先は大手門内の下御勘定所屋敷です」

由蔵が命じ、

「合点承知之助だ」

と先棒《さきぼう》の参吉が応じた。

駕籠のかたわらに由蔵が、その左手に磐音が従い、新三郎は駕籠の後ろに続いた。

「坂崎様、佐々木道場の方々がすでに詰めてくださったそうですね」

駕籠の中から吉右衛門が磐音に声をかけた。

「はい、師範の本多鐘四郎様自ら十名の門弟衆を率いてきてくださいました。いずれも大名家、旗本家の家臣や子弟の方ばかり、怪しい人物は混じっておりませぬ」

「佐々木道場の門弟衆です、努々《ゆめゆめ》疑ってなどおりませんよ。これで坂崎様が日光に参られても安心です」

駕籠は横山町を通り御城へと向かった。

「坂崎様、旦那様が坂崎様のご身分を案じておられます」

「はて、どのように」

「太田様には日光社参の随行役が大勢同道なされます。普段は勘定奉行の勝手方に所属なされる、いわば専門職です。太田様のご家来は内用人の立場の坂崎様だけです。旦那様は、勝手方役人から坂崎様へ反感が出はせぬかと案じておられるのです」

「有難いお心遣いですが、出ないお化けを気にしたところで致し方ありますまい。

それがしは太田様、老分どのの申されることを聞くだけにございます」

「坂崎様は肚《はら》が据わっておられるでな。なんの心配もしておりませんが、つい気を回しました」

駕籠は橋を渡って大手御門内に入っていた。

「おい、ここが大手門か」

と参吉がもらし、

「おめえ、最前合点承知之助、と大番頭さんに答えたじゃねえか」

と虎松が先棒に糺し、

「おりゃあ、命じられたから答えただけだ」

といい加減な返答を参吉が口にした。

正月・五節句などの式日に礼装した諸大名が限られた供揃えで参集する場所が大手御門内だ。

駕籠の参吉や虎松がふだん入るなどありえない。本日は格別だ、いつしか下御勘定所の門前に一行は到着していた。

「駕籠屋さん、時間がかかるかもしれませんが待っていてくださいな」

新三郎に命じられた参吉と虎松が、

「あいよ、心配は要らないよ」

と御門を潜る今津屋の四人を見送った。

この日、下御勘定所に日光社参の路銀出納方の武家方と町方合わせて二百数十人が初めて一堂に会し、勘定奉行の太田正房が、

「こたびの安永の日光社参はこれまでの社参と異なり、町方の力を借りることとなった。日頃、武家方、町方が共に御用を承《うけたまわ》ることはまずなかろう。こたびの社参を成功裡《り》に終わらせるには、二つの力と智恵を借りねばならぬ。くれぐれも、武家方の習わしだ、町方のやり方だと角を突き合わせることなく、互いの考えを尊重し合い、つまらぬ意地を捨て、旧弊な考えにこり固まることなく御用専一に働いてもらいたい。太田正房、一命を賭《と》してお願い申す」

と挨拶し、一同平伏して聞いた。

「町方を代表して、両替屋行司今津屋吉右衛門が一言挨拶いたす。ついでに申しておく。道中の勘定方として、それがし太田正房が上様に同行いたす。今津屋吉右衛門は江戸にて社参の路用金の出入りを監督いたす。その代わり、それがしの武家実務方として伊沖参左衛門《いおきさんざえもん》、町方には今津屋老分番頭の由蔵が同道いたす。

伊沖、由蔵の命はこの正房と今津屋吉右衛門の命と知れ」

と明言し、今津屋吉右衛門を紹介した。

「今津屋吉右衛門にございます。私の役割は、いかにして路用の金子を少なく、また社参を成功裡に終わらせられるかに尽きます。勘定の要諦《ようてい》は、入り用のところには金銭を惜しまず、要らぬ金子は一文でも使わぬことにございます。この箇単なことがなかなか難しゅうございます。お立場によっては見解が異なり、対立も起きましょう。どうか大らかな気持ちで迅速に査定なされ、厳しい決断をなされて、幕府のためとお考えの上、受け入れてくださいませ。これすべて幕府の御金蔵の負担にならぬためにございます」

ところも短く挨拶を終えた。

武家方、町方総勢数百人におよぶ大部隊である。先遣隊はすでに出立していた。

勘定奉行太田正房が指揮する安永日光社参の出納方は、路銀の性格によって、旅籠《はたご》方、中食《ちゆうじき》方、荷駄《にだ》方、川越方、贈答方、献上品方、謝金方、労賃方など多岐にわたって区分され、十数名の小頭《こがしら》が任命されていた。

この組の上に武家方の出納組頭伊沖参左衛門と町方の由蔵がいて、即座に決済する仕組みだった。

太田は部門別の会議の前に伊沖を由蔵に紹介し、また武家方と町方の仲介役として太田家内用人坂崎磐音を皆に披露《ひろう》した。その後、磐音が、伊沖と坂崎は一同に頭を下げた。

「伊沖様、よしなにお引き回しくだされ」

と挨拶したが、伊沖は冷ややかな視線を磐音に浴びせかけただけで、返答一つしなかった。

吉右衛門の不安はこの辺にあったのか、と磐音は気を引き締めた。

吉右衛門の一行が店に戻ったのは、店の大戸が閉ざされた後のことだった。

「ご苦労さまにございました」

とその日の帳簿を改める奉公人一同に混じり、奉公人の体の柳次郎の顔も見えた。

「坂崎さん、佐々木先生の使いが見えて、屋敷までご足労願いたいと言伝《ことづて》を残していかれました」

本多鐘四郎も姿を見せて、

「磐音、戻った早々で相すまぬが道場に顔を出してくれぬか」

と声をかけた。

「承知しました」

と答えた磐音は吉右衛門と由蔵に許しを乞《こ》うた。

「佐々木先生の急用とは日光社参に関わることと思えます。ご苦労ですがお願いいたします」

と吉右衛門が許しを与えた。

「ならばこの足で」

磐音は潜ったばかりの通用口を外に出た。

佐々木道場の奥座敷では、日光社参の上様随身方に抜擢された御側御用取次の速水左近と佐々木玲圓がなにやら額を突き合わせるように険しい顔で話し合っていた。

この慌ただしい時期に随身方の速水が佐々木道場にいること自体が異常といえた。

「おおっ、磐音か」

「先生、速水様、下勘定所に今津屋どのの供で参っており、遅くなりました」

「聞いた。磐音にはあれもこれもと用を申し付けてすまぬ。だが、早急にそなたに知ってもらいたいことが出来《しゅったい》したのだ」

「なんでございましょうか」

と二人の顔を見る磐音に、

「過日、話し合ったことがどうやら当たったようじゃ」

と速水が憂慮の顔を磐音に向けた。

長い話し合いになった。

その夜、磐音が佐々木道場を出たのは四つ半（午後十一時）を回っていた。磐音は速水の乗り物を警護して速水邸まで見送り、夜半の時鐘を聞きながら今津屋に戻った。

その夜、佐々木玲圓の姿が道場から消えた。

三

家治の日光出立を明日に控え、未明から江戸じゅうが沸き、静かな緊張と慌ただしさに包まれていた。

ぴっ
と張っていた縒《よ》り糸の一本が切れた感じでふいに動き出していた。

幕府の、随身する大名諸家の先遣隊が続々と江戸を発《た》ち、日光御成道《おなりみち》を通って最初の宿泊地岩槻城下や二日目の古河城下へと向かっていった。また、御成道の混雑を避けて、本来の日光道中、日本橋から浅草を経て千住大橋へと向かう街道を通る一団もいて、徳川家の祖である神君家康が祀《まつ》られる日光東照宮への道を多くの人馬荷駄が目指していた。なにしろ短い期間に延べ四百万人、馬三十万匹が往復移動するのだ。

むろんこれに先立ち、四月朔日《さくじつ》より月末まで、駅馬は官事優先が布告されていた。

今津屋でも、両替商仲間でこたびの社参に資金の調達を命じられ、日光道中で幕府の勘定方と一緒になって路用の金銭出納を担当する町方が大八車に千両箱を積み、

「幕府勘定奉行御用」

の木札を立てて、出立していった。この一行には鉄砲を持った役人たちが随行していた。

磐音は新三郎と共に先遣隊を駒込《こまごめ》追分まで送っていった。

日光道中は東海道、中山道、甲州道中、奥州道中と並んで徳川幕府で道中奉行を兼ねる勘定奉行が支配した五街道の一つであった。

江戸から日光まで三十六里（およそ百四十四キロ）、普通三泊四日で日光に到着した。

五街道のうちでも極端に行程が短い。だが、その重要性は他の四街道以上のものがあった。

徳川家康は元和《げんな》二年（一六一六）四月に駿府《すんぷ》で身《み》罷《まか》った。その遺言により、久《く》能山《のうざん》に葬られ、社殿が建てられた。が、同時に日光山に新たな社殿を造営して家康神格化の道が始まった。

翌元和三年四月、日光の奥社の宝塔が完成し、家康の御霊は久能山から改葬された。神霊が社殿に安置され、東照大権現《だいごんげん》の神号が定められ、朝廷から正一位の神階を受けた。

かくて日光は徳川幕府の聖地になった。

徳川幕府を揺るがす騒動や政治の節目に、歴代の将軍は日光社参を敢行するのが習わしとなった。

ちなみに徳川幕藩体制下に十九回の日光社参が行われた。

それは莫大な費用と人員を要するものであったが、社参を行い、東照大権現への帰依《きえ》を示すことによって、幕藩体制の引き締めを行ってきたのだ。

ゆえに日光社参は家康の命日四月十七日でなければならない。そのためには家治ら本隊は江戸城を十三日に発ち、岩槻、古河、宇都宮と各城下に泊まりを重ね、十六日には日光に到着していなければならなかった。

日光御成道は幕藩体制にあって聖なる街道であった。

朝ぼらけの駒込追分で勘定奉行の先遣隊が大八車を囲むようにして、王子を目指して消えていった。

「坂崎様、胃がきりきりと痛みます」

と新三郎が洩らした。

「いよいよだな」

日光御成道に立ち、先遣隊を見送り、日光社参の大行事が始まったことを実感させられた。

日光道中の第一の宿場は千住宿であった。さらに草加《そうか》、幸手《さって》と宿場を重ねるのが通常であった。だが、将軍家の日光社参だけは浅草御門から聖堂と神田明神の間を抜け、加賀金沢藩の上屋敷前を通り、駒込追分で右手に取り、王子、岩淵《いわぶち》を経て、戸田川（荒川）を越え、岩槻城下に至る行程を選んだ。

この日光道中より西を進む御成道には理由があった。それは将軍家の宿泊地に意味が隠されていた。

徳川幕府は関東各地の拠点に譜代《ふだい》大名を巧妙に配した。社参道中もまた信頼に足る譜代大名の御城に泊まることによって旅の安全を高めたのだ。

一泊目の岩槻城は高力家、青山家、阿部家、板倉家、戸田家、松平家、小笠原家、永井家と譜代大名が代わり、宝暦六年（一七五六）、上総勝浦《かずさかつうら》から若年寄大《おお》岡忠光《おかただみつ》が将軍家重の側用人《そばようにん》となって二万石で入封し、二代目の大岡忠喜《ただよし》が家治の社参の一行を迎えようとしていた。

「新三郎どの、戻ろうか」

いつの間にか駒込追分にほのかな光が射《さ》し込んでいた。

社参のための先遣隊は果てしなく続き、追分の住人たちが明日の家治通過のための清掃作業に入ろうとしていた。

「坂崎様がうちの後見でいらしてどれほど安心にございましょうか」

「それがしもまた今津屋どのの世話になり、それまで考えもしなかったことを多く見聞もし、経験もいたした。有難いことと思うておる。こたびの日光社参も浪々の身では夢想もできぬ事であったろう」

新三郎が頷き、私にも、と呟いた。

二人が肩を並べて神田明神前に差しかかったとき、磐音はふと思いついて、

「新三郎どの、徳川家と関わりの深い神田明神に、日光社参の無事を祈願して参らぬか」

「それはよいお考えです」

江戸の三大祭りの一つ、神田明神の祭礼の山車《だし》、練物は行列を組んで江戸市中に繰り出し、田安門から城内に入って将軍家の御覧に供して竹橋に出た。

天下様が御覧なさるので、山王祭と同じく天下祭と称した。

境内《けいだい》に入り、磐音は異様な気配を察した。

足を止めると新三郎が磐音を見た。

「坂崎様、どうかなさいました」

「殺気を感じる」

磐音たちは人影もない境内を拝殿横の林へと入っていった。

薄い靄《もや》がかかる境内に一人の男が六人の武家に囲まれていた。

吉原被りの行商人は体じゅうに朝露をとどまらせて、追い詰められた様相で道

中差を構えていた。

磐音は背に負うた荷物で薬売りかと何気なく男の顔を見た。

「弥助《やすけ》どのではないか」

なんと男は奈緒を探し求める長崎街道の道中、遠賀川《おんが》の渡し場で出会い、小倉城下へと旅を共にした越中富山の薬売りの弥助だった。

ちらり
と声のする方に鋭い視線を送った弥助が、

「坂崎様」

とどこかほっと安堵《あんど》の声を洩らした。

「待たれよ」

磐音は、今にも斬《き》りかかろうとする一団に制止の言葉をかけた。

六人のうち二人が道中羽織に一文字笠の旅姿で、残る四人が江戸屋敷奉公の勤番侍と思えた。

「要らざる節介をいたすでない」

旅姿の一人が磐音に尖った言葉を投げた。

「日光社参を明日に控えた御府内で斬り合いとは不穏にございます。刀をお引きなされ」

磐音の言葉に六人のうち三人が切っ先を巡らし、

「邪魔だていたすとそのほうらも斬る」

「それは困った」

あくまで長閑《のどか》な磐音の対応だが、刺客たちは目が血走り、一触即発の危険を漲《みなぎ》らせていた。

「知り合いを見殺しにもできぬでな」

「こやつ、仲間だぞ、斬れ！」

道中姿の武士が仲間たちに下知し、三つの剣先が磐音に迫った。

「新三郎どの、下がっておいでなされ」

新三郎に声をかけた磐音は備前長船長義を抜いて峰に返し、正眼《せいがん》に置いた。

刺客たちの腕前はなかなかと見た。だが、神田明神の社殿を血で汚したくなかった。

「お相手いたす」

さらに間合いが縮まり、切っ先が磐音の一間の虚空にあって、三人は連携して動こうとしていた。一方、弥助を囲んだ三人はこちらの戦いの推移を眺める様子だ。

磐音は三人の気配を読んだ。
正眼の剣を胸元に引き付けた。そのとき、体と足はわずかに左手に向かっていた。
ふわっ
と戦機が熟した。
磐音は機先を制するように一瞬早く、体と足の向きとは反対の右手に飛んでいた。峰に返した長船長義が相手の剣に真綿で包《くる》むように絡み付き、次の瞬間には
それが弾かれていた。
相手の正面に隙が生じた。
長船長義が肩口を叩き、腰砕けに倒れ込む相手の体を春風のように、
そよっ
と飛び越えた磐音が、中央に立つ相手の胴を抜いていた。横手に、
どどっ
と倒れる相手には目もくれず三人目に襲いかかっていた。
磐音が元いた場所に身を引いたとき、三人が倒れて痛みを堪《こら》えつつ必死で起き上がろうとしていた。
「おのれ！」

もう一人の道中姿の武士が弥助から切っ先を巡らし、磐音へと間合いを詰めてきた。一番の遣い手と磐音が気を引き締めたとき、参道に人の気配がして、

「斬り合いだ！」

という叫び声が上がった。

朝参りに来た老人が上げた声だ。

刺客は一気に磐音に襲いかかろうとしたが、仲間が、

「辻氏《つじうじ》」

と制する声に動きを止めて、するすると下がった。

その間に、峰打ちされた三人も立ち上がっていた。

「引き上げろ！」

刺客たちが神田明神の裏門へと走り消えた。

磐音は長義を鞘に納め、弥助を見た。

「相変わらず胸のすく戦いぶりですね」

平然とした声音に戻った弥助が道中差を鞘に納めた。

「弥助どのは江戸に商いか」

「まあ、そんなところで。久しぶりに江戸に戻りましたら、あの者たちに絡まれ

ましてね」

と苦笑いした弥助は、

「このようなところで坂崎様にお会いしようとは驚きました。神田明神のご利益があったというものです」

と陽《ひ》に焼けた顔に笑みを浮かべた。

「新三郎どの、相すまぬが先に店に戻ってはくれぬか」

「承知にございます」

と腰を屈めて弥助に愛想した新三郎が、刺客とは反対に表門へと姿を消した。

「つもる話もしたいが、この刻限では茶屋も開いておるまいな」

しばらく思案した弥助が、

「昔の知り合いの茶屋がございます。渋茶の一杯くらい馳走してくれましょう」

と磐音を神田明神下に案内していった。どうやら弥助はそこを訪ねようとして襲われたのではないかと磐音は思った。

磐音は遠賀川の渡し場で会った時から、弥助をただの薬売りとは思ってはいない。越中富山の薬売りならば富山がその拠点と推測がつく。だが弥助は、久しぶりに江戸に戻ったという。

磐音は弥助の身分を、西国に潜入していた幕府の隠密《おんみつ》ではないかと推量していた。だが、弥助が幕府密偵であろうと薬売りであろうと、二人の関わりが変わるとは磐音には思えなかった。

「坂崎様のお顔が変わられました」

「浪々の暮らしが長くなったでな」

「いえ、長崎街道でお会いした三年ほど前よりも一層お顔にご意志が表れて、失礼ながら深く精悍《せいかん》な面立ちに変わられました。坂崎様の生き方が偲《しの》ばれます」

と言いかけた弥助に、

「朝早くから日光社参の先遣隊を見送りに行っておった」

「いよいよ明日には上様のご出立にございますね」

弥助の語調には上様、家治への敬愛がこめられているように思えた。

その弥助が磐音を伴ったのは、神田明神の境内から北へと下る石段のかたわらに店を開く天神茶屋だった。茶屋はまだ店開きしていなかった。だが、弥助は店の裏手に磐音を案内し、戸口を叩いた。

「だれだえ、朝早くから」

女の声が中から響いて、

「おすぎさんよ、薬売りの弥助だ。朝っぱらからすまねえが、茶など馳走してくれねえか、連れがいるんだ」

と怒鳴った。

「おや、どんな風の吹き回しだねえ、弥助さんがこの家を覚えていたなんて」

と言いながら戸が引き開けられ、年増《としま》ながら婀娜《あだ》っぽい女が弥助に笑いかけ、磐音を見て、ちょっと驚いた様子を見せた。

「連れってのは、お武家様かえ」

「西国で旅を共にした坂崎磐音様さ。今な、神田明神で野暮な侍六人に襲われたところを助けられた。三年ぶりの再会というのに坂崎様は命の恩人だ」

「おや、まあ奇特なこったねえ」

と答えた女は驚く様子もなく、茶屋の台所に二人を招き入れた。

「今、湯を沸かすよ。それとも冷やを飲むかえ」

と弥助に訊いた。弥助が磐音を振り向いた。

「それがし、御用があってな、酒はやめておく」

「おすぎさん、茶だ」

「あいよ」

女が火鉢に埋《うず》み火を掻き立て、奥へと姿を消した。

「坂崎様、御用とは商家の手伝いですかえ」

新三郎のことを気にしたか、弥助が訊いた。

「そなた、こたびの日光社参の費用《ついえ》がどこから出ておるか承知か」

「幕府の御金蔵はすっからかん、両替商などに費用の調達を命じたと聞いております」

「それがし、両替屋行司の今津屋に出入りを許され、こたびの日光社参にも明日から随行することになっておる。今朝は先遣隊を駒込追分まで見送りにいったところだ」

「なんと、金主の今津屋でお働きでしたか。ご苦労にございますな」

弥助の声音には親近の情があった。

「そなた、上様直轄のお庭番か。答えたくなくば答えなくともよい」

「坂崎様にそう先回りされると、顔を横にも振りにくい。まあ、そんなものだと思ってください」

と答えた弥助が、

「八月《やつき》前、江戸を離れて御用に出ました。北国のさる城下町に暮らしてきましたが、御用を終えて碓氷峠《うすい》を越えた辺りから二人の刺客に付きまとわれ、なんとか江戸に逃げ込んだ。とそこまではよかったものの、お膝元《ひざもと》に戻り、つい気が緩《ゆる》んだか、神田明神の境内に追い詰められたのです」

と説明した。

「そなた、たれぞに復命すれば御用は終わりか」

「へえっ」

と答えた弥助が磐音の顔を覗《のぞ》き込み、

「なんぞ借りを返す話がございますので」

と訊いた。

「弥助どの、それがしと一緒に日光に行く気はないか」

「今津屋でお働きと聞き、坂崎様のお立場は推量がつきます。だが、こいつは念には念を入れたほうがよさそうだ」

「詳しく話をせねばならぬか」

「坂崎様と弥助、どう見ても敵同士とは思えねえ」

「上様や幕府に楯突《たてつ》く話ではない。それより幕府を助けるお役になろう」

「弥助をお信じになって、話をお聞かせ願えませんか」

「それがしの御用は二つ、一つは勘定奉行太田正房様の内用人として、武家方、町方の二つの出納方の間を取り持つ役目だ」

「勘定奉行の御家来にございますとな」

「弥助どの、便宜上のことだ。実際は今津屋ら町方の後見として随行いたす」

弥助が頷いた。

「今一つは、そなたにも仔細《しさい》は話せぬ。ただ、世子に関わる話と聞いてくれ」

弥助の両眼がぎらりと不気味な光を放った。

「今津屋の筋にはございませぬな」

「さよう」

弥助が虚空に視線をあずけて思案した。

「弥助どの、それがし、直心影流佐々木玲圓先生の門弟であることを承知であったか」

「そのような話もありましたな」

三年前の記憶を弥助は引き出したようだ。

「佐々木玲圓先生のご先祖は幕臣、今も上様のご側近の方が剣友と伺ったことがあります」

磐音は頷いた。

「坂崎様、弥助の命、お預けいたします」

「その前に一つ確かめておきたい」

「なんでございますな」

「そなたがこれから復命する御仁に話すことはあるまいな」

「坂崎様、われらは命じられた御用について探索の結果を復命するだけにございます。下の者から、このような話がございますとお伺いを立てることはございません」

「よし、頼もう」

磐音と弥助の打ち合わせは一刻半（三時間）に及んだ。

四

この日、幕府では三縁山増上寺《ぞうじょうじ》に田沼主殿頭意次《とのものかみおきつぐ》を家治の代参として派遣、霊《れい》廟《びょう》に参らせ、日光社参が無事済むことを祈願させた。

磐音が今津屋に戻ったのは五つ半（午前九時）を過ぎていた。

なにしろこの日の暮れ六つ（午後六時）より出立の事が終わるまで、供奉《ぐぶ》の面々以外の外出往来の禁止が通告されていたため、町を歩く人々もどことなく忙《せわ》しげだった。今津屋では店を開いていたが、すでに業務は社参が主で金銭の出し入れもそれに合わせていた。武家たちが書き付けを手に前払い金を受け取り、慌ただしく出ていく姿が絶え間なく見られた。

「遅くなりました」

帳場格子から睨みを利かせる由蔵に挨拶した。そのかたわらには、奉公人姿も板に付いてきた柳次郎が控えていた。勘定奉行所支配下の役人たちも、今津屋の奉公人たちと一緒に仕事をしていた。

道三河岸の下勘定所ではあまりにも城に近く、煩雑になるのを避けて、今津屋が日光社参の経理方の前線本部の様相を呈していた。

「お知り合いに会われたそうな」

由蔵が磐音に言った、新三郎が報告したのだろう。

「はい。長崎街道で知り合い、小倉城下まで共に旅した越中富山の薬売りと会いまして、つい話し込みました」

頷いた由蔵が、

「そうだ、台所に木下一郎太《きのしたいちろうた》様がおいでですよ」

「木下様方も緊張の日々にございましょう」

と磐音は言い残すと台所に行った。すると南町定廻《じょうまわ》り同心の木下一郎太ばかりか、

「南町の知恵者」

と知る人ぞ知る人物、また悪党たちに恐れられる年番方与力《ねんばんかたよりき》笹塚孫一《ささづかまごいち》が、おこんを相手に悠然と茶を飲んでいた。

「おや、笹塚様も市中お見廻りですか」

「坂崎どのには勘定奉行太田播磨守様のご家来になられたそうな」

とにやりと笑った。

「日光社参の間だけのことです。さすが笹塚様には、事を明日に控えて悠然たるものですね」

「幕府挙げての騒ぎとあっては町方が出るところがなくてな。それに、こう役人ばかりが血相変えて江戸のあちらこちらに出張っていては、悪党も出にくかろう」

「意外とこういうときこそ悪党どもが跳梁跋扈《ちょうりょうばっこ》するかもしれません」

「脅かすでない。それともなんぞ情報を得ておるのか」

「いえ、ございません」

おこんが二人の会話を聞きながら、磐音に茶と大福を供した。

「その豆大福がなんとも美味であった」

「笹塚様、もう一つ如何《いかが》ですか」

「いただこう」

笹塚は五尺そこその体ながら、その大頭には知恵が詰まっていた。

羽織の胸前に食べこぼしの染みをつけた人物が、南町奉行所の与力二十五騎、同心百二十五人を手足のように動かしていた。また、奉行の牧野大隅守成賢《まきのおおすみのかみせいげん》の懐 刀《ふところがたな》であり、知恵袋でもあった。

「坂崎、日光優先では南町の御用は務めてもらえぬのう」

「御用の向きでおいでになられたのですか」

「そうではないが、近頃、そなたは南町に冷たいでな。実入りになる騒動を拾ってこられぬ」

「それがしは南町奉行所の役人ではございませぬ」

二人の掛け合いに木下一郎太がにやにやと笑った。

「笹塚様、この騒ぎが終わるまでは、坂崎さんの身は空きませんよ」

おこんが釘《くぎ》を刺した。

「この御仁、春風駘蕩《しゅんぷうたいとう》としておるが、今津屋、幕府、旧藩といろいろなところで頼りにされておるでな、南町までなかなか順番が回ってこぬのだ」

新しく出された豆大福に笹塚が早速手を伸ばした。

「先ほど魚河岸を通りますと、活きのいい大ぶりの鯛《たい》が続々と城中に運ばれていくのを見ました」

話題を変えようと一郎太が言い出した。

干鯛、鮮鯛は日光社参の門出祝いとして将軍家に献上されるのだ。この時期、魚河岸に上がったかたちのよい、活きのいい鯛はすべて城中が買い占めるといっても過言ではなかった。

それで思い出しました、と一郎太が叫んだ。

「二日ほど前のことです、見廻りの途中、魚河岸近くで中居半蔵《なかいはんぞう》様とお会いしましたよ。なんでも関前藩では藩の物産を小売りする直売所を出されたそうですね」

「それがしも、父上の江戸滞在の間に一度くらいは顔出ししようと考えてはいるのですが、なかなか暇が取れませぬ」

「中居様のお話だと、ぼつぼつ客がついてきたとのことです。商いは品よく、値が手頃ならば、必ず客はつきます」

一郎太が町廻りで得た商いの見方を披露した。

藩物産所組頭《くみがしら》の中居半蔵は日光随身の道中を前に直売所の見回りに来たのだろう。

「武家の商法ですが、なんとしても成功してほしいものです」

一郎太が頷き、笹塚が新たな豆大福を食べ終えて、

「こういう時世だ。今津屋はいかがと顔を覗かせたが、佐々木道場の猛者が昼夜の警戒とか。こりゃあ手が出せぬな」

今津屋訪問のほんとうの理由を洩らした。笹塚は今津屋が幕府御用の中心として働いているのを承知で見廻りに来たのだった。

「笹塚様、お心遣い有難うございます」

おこんが礼を述べた。愛想を返した笹塚が、

「一郎太、見たか、あの鳴子の張り綱を」

と裏の長屋から塀の上を跨《また》ぎ、格子窓を潜って今津屋の天井付近に張り巡らされた非常用の鳴子を指した。門弟今戸永助の知恵がどうやら完成したようだと磐音も見上げた。綱の張り具合といい、なかなかの出来であった。

「笹塚様、それに佐々木道場の面々、呼子《よびこ》まで懐に所持しておられます。南町より警備が迅速にございますよ」

「見習わねばならぬな」

笹塚が本気とも冗談ともつかぬ顔で言い、腰を上げた。

磐音は笹塚孫一と木下一郎太を表まで見送った。店先にはさらに客が、武家の姿が増えていた。

「すべて暮れ六つまでに済まさねばならぬでな」

と笹塚が呟いた。むろん日光社参の随行方や町方役人は暮れ六つ過ぎでも通りの往来はできた。だが、相手先が大戸を下ろしては用事にならない。つい、早歩きをすることになった。

いつもより両国西広小路の人込みも少なく、屋台などは早々に片付けを終えていた。

「何事もなく社参が終わるとよいのですが」

「たれの思いも同じじゃ」

笹塚が応じ、小者《こもの》が大きな陣笠《じんがさ》を笹塚に差し出した。それを被った笹塚が、

「坂崎、頼んだぞ」

とその一言にすべての思いを託して言った。

「笹塚様、木下どのもご苦労に存じます」

小者を従えた与力と同心が両国西広小路の雑踏に消えるまで磐音は見送った。

燕が大川から河岸の柳の枝を掠め、人込みの上を気持ちよさそうに飛んで、巧みに反転してまた水辺に戻っていくのが見られた。

(この分ならば日和《ひより》には恵まれそうだ)

燕が飛ぶ青空を見ていると、

「坂崎さんの周りだけは別の時間《とき》が流れているようだ」

と声がかかった。

振り向くと、美人の湯浴み姿が染め出された白地の浴衣《ゆかた》を着た浮世絵師北尾《きたお》重《しげ》政《まさ》が懐に画帳を突っ込み、立っていた。

「お仕事ですか」

「血相を変えた町の様子を見に来たが、仕事にはなりませんね。夏燕を長閑に眺める坂崎さんだけが浮いている」

磐音に浮世離れしているという当人も、慌ただしい世間とは無縁ののんびりとした顔をしていた。

「それも今日までです」

「おや、どうなされますな」

「明日から日光社参に随行します。身分は勘定奉行太田播磨守様の内用人です」

しばし磐音の顔を見ていた北尾が、
はっはっはは
と高笑いした。

「望んだわけではございません」

恨めしそうに答える磐音に、

「世の中、なかなかうまくいかぬものです。自ら奉公を辞められた坂崎さんがあちらこちらで頼りにされ、幕府のお役人として日光東照宮参りとは、お気の毒を絵に描いたようだ」

と北尾が笑い続けた。そして、ふいに笑いを止め、言った。

「坂崎さん、この騒ぎで吉原も閑古鳥《かんこどり》が鳴いています」

「暇ですか」

磐音の脳裏に白鶴《はっかく》太夫の容姿がふわりと浮かんだ。それは吉原に乗り込む日の、白無垢《しろむく》の小袖《こそで》、打掛け姿の白鶴だった。もはや少女の頃の、磐音との祝言を控えた奈緒の姿は遠く朧《おぼろ》に霞《かす》んで思い出せなかった。

「暮れ六つで往来が禁じられるのです。それまでに遊里に駆け込める男なんてそうはいませんよ」

「そうですね」

「白鶴太夫の威勢益々上がり、丁子屋《ちょうじや》の米櫃《こめびつ》を白鶴太夫が賄《まかの》うておられます。丁子屋の屋根からは後光が射していると、吉原雀《すずめ》がもっぱら噂《うわさ》しています」

磐音はただ頷く。

「白鶴太夫目当ての遊客は引きも切りませんが、白鶴太夫のお心を摑んだ方も未だおりますまい。どこぞのたれかのほかにはねえ」

と答えた北尾重政が、

「そうだ、忘れていた。今日は宮戸川の鰻の礼に来たんです。美味かった。あのような鰻は食したことがない。鰻もさることながら、たれがいい」

「日光から戻りましたら宮戸川にお招きします」

「焼き立てを、今度は心ゆくまで食べてみたいと思いました」

「鉄五郎親方がきっと喜びますよ」

「坂崎さん、その折りはあなたに土産を持っていきますよ。楽しみにしていてください」

そう言い残した北尾重政が踵《きびす》を返し、人込みに紛れ込む前に、

「今津屋のおこんさんの顔が見られなかったのが残念でした」

と笑いかけた。


昼の刻限、磐音は裏の長屋で佐々木道場の面々と、浅蜊《あさり》や筍《たけのこ》を炊き込んだ握り飯に五目汁の昼餉を食べた。

初日だけ寝泊まりすると言っていた本多鐘四郎の姿もあった。

「坂崎、道場がおかしいのだ」

「どうなされましたな」

「このところ玲圓先生の稽古着姿が見られぬそうだ」

「出立が迫りました。そちらの御用がなにかとおありになるのではございませぬか」

磐音は背信の思いをちらりと感じながら答えた。

佐々木玲圓は、家治の日光社参随身方という側近中の側近の役目に就いた速水左近と相談の上、江戸を離れていた。

（今頃、どちらにおられるか）

そのことが磐音の脳裏を掠めた。

「いかにもさようとは思うがな」

と首を傾《かし》げた鐘四郎が、

「お内儀のおえい様がそれがしに、今津屋の御用は遺漏ないかと念を押されてな、どうやら先生の気掛かりはこちらにあるようで、それがしもできるだけこちらに詰めることにした」

「ご苦労に存じます」

「いよいよ迫ったな」

「迫りました。師範、留守の間、よろしくお願いいたします」

「心置きなく御用を務めて参れよ」

「承りました」

磐音が頷く。

そのかたわらから小太りの軍鶏の重富利次郎が、

「それがしも坂崎様のように山内家を辞して町屋で暮らそうかな」

と言い出した。

「利次郎、思い付きか」

「師範、半分本気です。こうやって町屋に出て今津屋の商いを見ておりますと、恐れながら世の中を動かしているのは三百諸侯でも将軍家でもない、商人《あきんど》だということがよく分かります」

「それが二本差しをやめる理由か」

「いけませぬか。坂崎様は実に闊達《かったつ》自在に生きておられます」

「それがしも坂崎様の暮らしがあこがれです」

と今度は痩せ軍鶏、旗本家の次男松平辰平が言い出した。

「おのれら、そこに座れ」

本多鐘四郎が二人の若い弟子を板の間に正座させると、

「よいか、坂崎磐音の生き方はこの磐音にしかできぬのじゃ。たれにも真似《まね》ができると思うてか」

「師範、そんなことは百も承知です。ですが、坂崎様にできるのなら、この重富利次郎にもできぬことはあるまいと思うただけです、いけませぬか」

「そうそう、あこがれを口にしただけなんです。師範、私はおこん様のような方がおられる屋敷を探して、婿入りします。しかしその前に坂崎様のような暮らしがしてみたいと師範は思われませぬか」

と若い二人はしれっとして鐘四郎に応じた。

「近頃の若い奴の気が知れぬわ。奉公とは滅私の心ぞ。忠義心はどこにいった」

「師範、忠義だけでは飯は食えませぬ。そのお考え、古うございます。まず、自分ありきです」

と利次郎が鐘四郎の考えを一蹴し、

「辰平、腹がくちくなった。ちと体を動かさぬか」

「おう、いいな」

二人の若者は袋竹刀を手に外に出ていった。井戸端の空き地が今津屋の野天の道場になっていた。

「今津屋の女衆が見物することもあるというので張り切っておるのだ。あやつらの考えこそ分からぬわ」

と本多鐘四郎が頭を抱え、

「張り切る動機があるのは、なんにしてもよいことでございます」

「坂崎、おれはそなたのように割り切れぬのだ」

「師範は師範、王道を進んでください」

「おれの道は王道か」

「はい。剣者の王道にございます」

よし、と鐘四郎が自らに言い聞かせるように小さく叫んだ。


両国西広小路から人通りが絶えた。

初夏の宵に人波が絶えることなどない広場から人の気配が消えた。浅草御門にはすでに諸役人が明日の見送り態勢を敷いて詰めていた。

「御発駕《おはつが》の日、諸門警衛の人々。拝謁《はいえつ》のためとて出仕すべからず。それぞれ守る所に在るべし。通り給ふ道にあたる所は、まちうけ奉り拝謁すべし」

と触れが出ていた。

江戸の町は明朝の発駕の刻限から長い長い行列の最後の出立まで、ほぼ丸一日仮死することになる。

そんな刻限、今津屋の店先に旅仕度の町人が入ってきた。

由蔵が吉原被りの訪問者に目を止めた。

「なんぞ御用でございましょうかな」

「へえっ」と腰を屈めた男が、

「こちらに坂崎磐音様がおられると聞いて伺いました」

「いかにもおられます」

由蔵のかたわらの柳次郎が呑《の》み込んだように、
すいっ
と立った。

「柳次郎どん、頼みましたよ」

由蔵が奉公人姿の品川柳次郎に声をかけた。

「さすがに両替屋行司の今津屋さんだ。奉公人も機敏ですね」

「お褒《ほ》めに与《あずか》り恐縮にございます。お客様は坂崎様とはご昵懇にございますか」

「いえね、西国の旅で坂崎様に世話になった者ですよ」

と弥助が答えたところに磐音が姿を見せて、

「おおっ、弥助どの、よう参られたな」

と言いかけると由蔵に、

「裏の台所をお借りしてようございますか」

と断った。

「後見、御用ならばご随意にお使いください」

二人が店先から消え、帳簿整理をしていた振場役番頭の新三郎が帳場格子に近寄り、

「老分さん、今朝方、神田明神の境内で刺客に襲われていた薬売りです」

と報告した。

「なにっ、あの方が坂崎様に助けられた御仁か」

由蔵はただの薬売りではないなとつい妄想を巡らした。

(気にかかるようならば坂崎様にお尋ねすればよいことだ)

と思いながら仕事に追われてそのことを忘れた。

日光出立前夜ということで、吉右衛門、由蔵、磐音の三人がおこんの酌で酒を飲み始めたとき、由蔵は、

(そういえばあの薬売り……)

と思い出した。

「坂崎様、薬売りはいつ帰られたので」

「気にかかりますか」

磐音が由蔵の心中を察したように笑った。

「商売柄、およその人の商いなんぞは察しがつくものですが、あの薬売りはちと

分かりませぬ」

「老分さん、おかしなことを言われますな。薬売りなれば商いははっきりしておりましょう」

「旦那様、あの人物は一筋縄では参りませぬ」

と磐音が神田明神で刺客に襲われる薬売りを助けたという、新三郎からの話を告げた。

「さすがは坂崎様。お付き合いの相手が多彩ですな」

「旦那様、そのような暢気《のんき》なことでよろしいので」

「坂崎様を信頼しておりますでな」

「それはこの由蔵とて同じです」

と由蔵が抗弁した。

「老分どの、近々ご紹介する機会もございましょう」

「なにっ、近々ですか。ということは日光社参の道中で」

磐音が頷き、

「すでに弥助どのは旅立たれました」

と答え、由蔵が首を捻った。

第三章　若武者と隼

一

安永五年四月十三日、家治が日光に向けて御首途《ごしゅと》の日が到来した。まず家治のもとに大納言家基より干鯛《ひだい》が、さらに麻疹《はしか》が完治したばかりの種姫《たねひめ》からも干鯛が門出に贈られた。

また尾張《おわり》中納言宗睦《むねちか》卿、紀伊中納言治貞《はるさだ》卿、尾張中将治興《はるおき》卿から熨斗鮑《のしあわび》が一箱ずつ贈られた。門出を祝しての祝いの品は続々と到着した。

丑《うし》(午前二時)の刻限、日光社参が実際に動き出した。

随身方《ずいじんがた》に抜擢された速水左近は斎戒沐浴《さいかいもくよく》して身を浄《きよ》め、夜半過ぎに起床した家治にご機嫌を伺った。

「左近か。身の引き締まる思いの日々が始まるな」

「御意」

主従の会話には、この二人しか分からぬ意味が隠されてあった。

家治もまた身を浄め、白絹の小袖に羽織、野襠《うちかけ》を召し、卯《う》（午前六時）の刻限に家基の挨拶を受けた。家治が世子に定めた家基と二言三言機嫌よく話をするのを左近は確かめた。

再び熨斗鮑などが幕閣らから贈られ、府内に残る幕閣の者が拝謁に伺い、御発《おはっ》駕《が》の刻限を迎えた。

家基が家治に従い、新見大炊頭正徧《しんみおおいのかみまさゆき》が家治の御刀を持って、外殿に向かった。府城に留まる大勢の者たちが三之間より大溜《おおだまり》に幾重にも重なるように集まり、平伏する中、家治、家基の二人が粛々と進んでいく。

家治は一度黒木書院にて足を止め、その場にある高家《こうけ》、鴈之間《がんのま》詰、帝鑑之間《ていかんのま》詰の家臣、布衣《ほい》以上以下の全員が詰めて見送った。

大納言家基は大広間の四之間まで家治を見送り、

「ご機嫌宜しい道中を」

と言葉をかけた。

家治が家基に分かる笑みで答えた。

江戸に残る家基の見送りの後、家治の御側《おそば》に従うのは一橋家の民部卿治済《はるさだ》だけだ。治済が大広間の板縁まで見送った。

「御駕《おかご》お乗り込み！」

御車寄に家治の、溜塗惣網代棒黒塗《ためぬりそうあじろぼうくろぬり》の御駕が着けられ、家治が乗り込み、

「御発駕！」

の声とともに、手代わり合わせて二十人の陸尺《ろくしゃく》が踏む玉砂利の音が響いた。

速水左近は御駕の側に従い、内庭をも埋め尽くした見送りの列の中に静々と進み始めた。身分と位階に従い、見送りの場所も定められていた。

下乗橋《げじょうばし》の前には譜代の父子が並んで見送った。

前日の亥《い》の刻（午後十時）には先奏者阿部備中守正倫《びっちゅうのかみまさとも》の旗三本が並び立ち、御鑓《おやり》四十五本、御弓二十張、鉄砲六十五挺《ちょう》、騎馬武者二十六騎が出立していた。

続いて、奏者番安藤対馬守信成《あんどうつしまのかみのぶなり》に指揮された先奏二番が子《ね》（午前十二時）の刻に、丑の刻には板倉伊勢守勝暁《いたくらいせのかみかつとし》が、松平右京大夫輝高《うきょうだいぶてるたか》の一隊が寅《とら》（午前四時）の刻とほぼ一刻《いっとき》（二時間）おきに発して、すでに日光御成道上にいた。

さて、本隊の家治の行列のすぐ前には、松平周防守康福《すおうのかみやすよし》の一隊が進軍していた。

速水左近は松平周防守に続いて田沼主殿頭が先備旗二本、御鑓二十五本、御弓七張、鉄砲二十五挺、騎馬十騎に囲まれて進発したのを確かめると、随身方であるべき姿を御駕側から消した。

ちなみに、家治の御側近くに従える随身方は小納戸《こなんど》丹羽讃岐守長視、深津彌市郎正勝、加藤寅之助則陳、中島源次郎常弼、御鷹匠支配内山七兵衛《うちやましちべえ》永清《ながきよ》、表儒者格奥詰成島忠八郎和鼎、御典医桂川甫周国瑞《かつらがわほしゅうくにあきら》、それに束ね役の速水左近であった。

この随身方で格段に若いのが桂川国瑞だ。

家治は安永四年（一七七五）の十一月に田安宗武《たやすむねたけ》の娘種姫を養女に迎え、寵愛《ちょうあい》した。だが、この種姫を麻疹が襲い、命も危ぶまれた。

その折り、阿蘭陀《オランダ》商館付きの医師ツュンベリーの助言を受けながら懸命な治療の末に完治させたのが桂川国瑞だ。

その功もあって随身方に登用されていた。

速水を除く面々に供奉《ぐぶ》された家治が御城を出たのは辰《たつ》（午前八時）の刻であった。

速水の姿が消えたが、家治の御駕は城外に出てさらに大歓声に包まれた。古町《こちょう》町人《ちょうにん》らが羽織袴や継裃《つぎかみしも》姿で見送りに出ていたからだ。

御行列はいつ果てるともなく延々と威儀を正して続いていく。

一方、上様御発駕の用意の知らせを受けて、由蔵、新三郎ら町方の出納方《すいとうがた》と坂崎磐音が今津屋の店を出た。

「皆さん、宜しゅう頼みますぞ」

吉右衛門が最後に声をかけ、由蔵が、

「行って参ります」

と緊張の声音で答えた。

一行は延々と続く御行列の御成道を避けて、並行する裏道伝いに王子村を目指した。由蔵と磐音が何日も前から研究した抜け道だった。

御城を出た家治の一行はまず王子村の金輪寺で小憩を取ることが決まっていた。さらに川渡りを経て、川口に着く。

由蔵ら出納方が仕事に追われるのはこの小憩地であったからだ。また勘定奉行太田播磨守正房の実務方にして、出納組頭伊沖参左衛門ら武家方ともこの地で合流する手筈《てはず》が整っていた。

まだ暗い道中、商家の暗がりからすいっと浮かび出た影が磐音と肩を並べた。

薬売りの弥助だ。

由蔵が、

（おや、現れなすったな）

という顔で磐音を見た。

「弥助どの、改めて今津屋の老分番頭由蔵どのをご紹介いたそう」

「昨日はご挨拶も申し上げず失礼いたしました。わっしは薬売りが本業にございますが、こたびは坂崎様の従者という格好で老分番頭様方の後になり、前になりして進むことになりそうです」

頷いた由蔵が呑み込み顔に、

「弥助さん、万事宜しゅうお願い申します」

と応じ、磐音と弥助が由蔵のかたわらから少しばかり遅れる体《てい》で離れた。

「ご出立なされたか」

「へえっ。上様を見送られた後、長い行列を迂回《うかい》して御城を出られました。ただ今は御成道を王子村に先行しておられます」

日光社参は当代将軍が司る神君家康との対面の大行事だ。だが、世子は在府し、将軍の無事社参を祈願するのが習わしだった。

だが、家治は自らの後継を聡明利発な大納言家基に託していた。十五歳と若い家基に自らの手で帝王学を学ばせたいと考えていた。そこで腹心たる速水左近らと図り、徳川家の大事な節目に催される日光社参に同道させたいと計画してきたのだ。

だが、城中は決まりごと、前例なきことには厳しいところだ。

「上様、習わしにございます」

の一言ですべてが拒否されることがままあった。

その先例を破り、家基を日光へ同道させるには、極秘の企てと行動が要った。

その総責任者ともいうべき役目に、速水左近が随身方という新しい職階を得て、就いていた。

磐音が今津屋に同道して日光に行くのも薬売りの弥助を数少ない仲間に引き入れたのも、また元幕臣の末裔《まつえい》の佐々木玲圓が密かに江戸を発ち、すでに日光へと道中を先行しているのも、この家基の極秘帯同ゆえだ。

また、家治らが若い家基を江戸に残すことを危惧《きぐ》した背景には、老中田沼意次らが家基の十一代将軍への就任を陰で反対する意向を示していることがあった。

田沼ら一派は英邁《えいまい》な家基の治世到来を阻《はば》むためには、暗殺すら辞さない決心を固めていた。そのことを知る速水左近は、家治の世子の帝王学とは別に、家基を江戸に残すよりも先例を破ってでも家治の日光社参に同道することに賛意を示したのだ。

「家基様の日光同道は、嫌でも数日中に行列じゅうに知れ渡ろう。それ以前にいかに家基様を江戸から遠のかせ、日光に近づけるかが大事であろう」

「速水様もそう申されております」

「弥助どの、頼んだぞ」

「この一件、わが身を賭《と》しましても全うしたき御用にございます。坂崎様、薬売りの弥助を信頼し、声をかけていただいたこと、一生忘れません」

「その言葉、江戸に無事に帰れた折りに改めて聞こうか」

「へえっ」

と答えた弥助が、現れたとき同様すうっと家並みに溶け込むように姿を消した。

風に乗って歓声が伝わってきた。

家治一行を送る宿老《しゅくろう》らの声か。

磐音は由蔵のかたわらに戻った。

「弥助さんは行かれましたか」

「はい」

と答えた磐音は迷っていた。

日光社参に随行する坂崎磐音の身分は勘定奉行太田正房の内用人だ。用人とは文字どおり主の用に立つ者の意であろう。だが、現実には今津屋に随行して太田の側にはいなかった。かといって日光社参の莫大な路用の金子の出し入れに役に立つわけではない。武家方と町方に違和が生じたときのために吉右衛門が由蔵に付けた、言わば、

「町方の用心棒」

であった。

事が起きなければ無用の長物だということを、磐音自身がよく承知していた。磐音が当面腐心すべきは家基極秘帯同の一件であった。とするならば由蔵に承知しておいてもらうのが大事なことであった。

「老分どの、ちとお話が」

「伺いましょう」

と即答した由蔵は足の運びを緩め、一行を先に行かせた。

これで心置きなく話ができる。

「老分どの、この日光社参には大納言家基様が極秘のうちに同道なさっておられます」

由蔵は小さな呻《うめ》き声を洩らしたのみで、言葉は一切発しなかった。

磐音は家基の同道の理由を述べた。

「なんと田沼様方はそこまで考えておられますか」

「先の速水左近様暗殺の企てといい、家基様の十一代将軍誕生をなんとしても阻止して、自らの幕閣の影響力を保持なされようとしておられます」

家治には正室として五十宮倫子《いそのみやともこ》がいた。

倫子は京の閑院宮直仁《かんいんのみやなおひと》親王の娘だ。

将軍家と公卿《くぎょう》の婚姻には政略結婚が多い中、家治と倫子は互いに心を通わした、仲むつまじき夫婦であったといわれる。倫子は千代姫《ちよひめ》、万寿姫《まんじゆひめ》を産んだが世継ぎの男子に恵まれなかった上、二人の姫もともに夭折《ようせつ》していた。

大奥筆頭の御年寄の松島《まつしま》の進言により、家治はお知保《ちほ》の方、お品《しな》の方と相次いで二人の側室を持った。

二人の側室が競い合い、念願のお世継ぎの竹千代を産んだのはお知保の方であった。

宝暦十二年（一七六二）十月のことだ。

家治は、

「お世継ぎの若君はぜひとも御台所様《みだいどころ》がお養いになるように」

との周囲の進言を得て、倫子の手で竹千代を教育することを決断した。

その代わり、お知保の方は大奥女中としては最高の、

「老女上席」

を得た。

一方、竹千代は明和《めいわ》二年（一七六五）十二月一日に名を家基と改め、翌年四月には元服して従《じゅ》二位権大納言となった。さらに明和六年（一七六九）、八歳となった家基は世子と認められて、西の丸入りしていた。

お知保もまた西の丸に移り、

「御内証様《ごないしょう》」

と呼ばれる資格を得ていた。

家治は英邁にして闊達な家基に期待をかけていた。

九代家重は言語に障害を残し、しかも暗愚な将軍として知られていた。

この家重を利用しつつ幕閣で封建官僚体制を確立し、力を付けたのが田沼意次

だ。意次は将軍を象徴的な存在として、形骸化《けいがいか》を図った。

その意次の考えにのせられたのが家重であったのだ。

言語不明瞭《ふめいりょう》な家重の言葉をただ一人聞きとることができたのが御側用人大岡忠光だったといわれる。だが、宝暦十年（一七六〇）にその大岡が亡くなり、家重の意志が老中らに伝わらなくなり、やむなく家治に将軍位を譲った経緯《いきさつ》があった。

家治としてはなんとしても暗愚な将軍時代に戻したくはなかった。家治は家重の、

「予の亡き後も田沼を厚く遇せ」

という言葉と自らの考えの狭間《はざま》で苦悩しつつも、家基の十一代就位に向けて果敢に進もうとしていた。

その一環が、家基の日光社参同道であったのだ。

「御側衆速水左近様の隠密が、江戸に残られるはずの西の丸様暗殺の企てを探り出されてこられました。つい数日前のことです」

「だが、家基様は幸いなことに家治様に同道なされ、江戸にはおられませぬ」

「老分どの、田沼派の家基様暗殺の企てが真実の報ならば家基様江戸不在はいずれ知れます。そのとき、暗殺団はどう動くと考えられますか」

「極秘に日光社参に向かわれる家基様に刃《やいば》を向けると、坂崎様は申されるのですか」

「速水様も佐々木先生もそのことを前提に動いておられます。このことを承知なのはごくごく限られた方々にございます。それがし、今津屋どのにも申し上げておりませぬ」

大きく首肯《しゅこう》した由蔵はしばし沈思して黙々と歩み続けた。

刻限はすでに四つ（午前十時）を過ぎていた。

飛鳥山の東に位置する野道を王子川へと向かっていた。

家治の一行は王子川の上流音無《おとなし》川を渡り、休憩地の金輪寺に接近していると見えて、一行が進む方向にざわめきが移動していくのが感じられた。

「坂崎様、こたびの日光社参で大事なことは路銀を切り詰めることかと、この由蔵は考えて参りました。そのために後見役として、坂崎様には武家方の伊沖様方に睨みを利かせてもらうことを願っておりました」

磐音が頷く。

「ですが、この道中、家基様の暗殺が企てられるとしたら、なんとしても阻止せねばなりません。路銀の五千両、一万両を切り詰めることより優先されるべきことにございます。どうか今後は坂崎様のお考えのもとに動かれることを、この由蔵もお勧めいたします」

「かたじけない」

「出納方の後見に、家基様のお命を守るお役目にと大変にございましょうが、どうか心置きなく動かれてくださいませ」

磐音は由蔵に話してよかったと思った。

「老分さん、渡し場に着きましたよ」

先行する新三郎が二人に手を振って知らせた。

王子川には土地の百姓が渡る船着場があった。

新三郎はそこから手を振っていた。

「新三郎、王子村の名主どのの屋敷に急ぎましょうぞ。これからが私どもの腕の見せどころです」

と由蔵が自らを鼓舞するように腕を撫《ぶ》した。

磐音は王子村の名主祥兵衛《しょうべえ》の屋敷まで由蔵ら一行に従い、長屋門まで見送った。

すでに名主宅には、膨大な荷駄を運ぶ戸田川の渡船賃などを請う荷駄方の役人たちが待ち受けていた。そこでは先遣隊が銭箱を積んだ特製の大八車を数台並べて、由蔵たちの到着を待ち受けていた。

だが、武家方の出納組頭伊沖参左衛門らはまだ到着していないのか、姿が見えなかった。

「ご苦労にございましたな。ただ今到着しましたので、早速仮払いの仕事を始めます」

と先遣隊の出納方に挨拶し、さらに由蔵が一行全員に聞こえるように、

「坂崎様、勘定奉行太田様に出立のご挨拶においでなされ」

と叫び、一行から離れる名目を告げ知らせた。

「よろしいか」

「むろん坂崎様のご主人は太田正房様でございますれば当然のことです。こちらは私がしっかりと睨みを利かせます」

由蔵が言い、

「みなの衆、時間は限られておりますでな。お役人方を待たせてはなりませぬぞ」

と声をかけ、即刻、出納方の作業が始まった。

それを確かめた磐音は王子村から、戸田川の渡しから少し下流寄りの岩淵村へ

と先行した。

日光社参の道中は中山道の戸田の渡しを遣わず、さらに下流に寄った岩淵村から対岸の川口へと渡し場が新設されていた。

新設された渡し場には、家治の到着を控えて川役人やら御座船《ござぶね》を操る御船手奉行の向井将監《むかいしょうげん》や先遣隊が今や遅しとその時を待ち受け、緊張が漲っていた。

磐音はさらに下流へと足を向けた。

数丁も下ったか、燕が飛び回る河原に出た。

「ここだな」

磐音は独りごちた。

二

河原の一角に人影が見えた。

鷹匠《たかじょう》の老人と見習いが並び立ち、見習いの腕につけた防具に一羽の若鷹が虚空を睨んで身構えていた。

老鷹匠がなにか叫んだようだ。

見習いの腕の鷹が大きく羽を羽ばたかせて、虚空に舞った。

すいっ

と飛翔する鷹は河原の空高くへと舞い上がり、地上の獲物を探すように旋回するとぴたりと狙《ねら》いを定めたか、さっと降下してきた。河原近くに下りると滑空するように河原の葦原《あしはら》を飛翔し、さっと草藪《くさやぶ》に嘴《くちばし》を差し入れたかと思うと、野鼠《のねずみ》らしき生き物を咥《くわ》えて大空に弧を描き、若い見習い鷹匠の腕へ戻っていった。

老鷹匠が見習い鷹匠の訓練をしている光景にも見えた。

二人のほかに、半丁ばかり離れた河原に三人の武士が控えていた。

二人は御鷹匠支配下の鷹匠組頭なのか。

だが、日光社参の行列がすぐ上流を渡河しているというのに、この長閑な様子はどうだ。

磐音は土手を下って三人の武家のもとへと歩み寄った。

二人の武家が身構えた。だが、もう一人の身分の高い武家が何事か告げると、警戒の様子が消えた。その一人に不審の表情が漂った。

「坂崎どの、見えられたか」

と近付く磐音に声をかけたのは、こたびの日光社参の家治随身方の一人に選ばれた速水左近だった。

「由蔵どのの許しを得まして、ご挨拶に伺いました」

磐音が答えたとき、老御鷹匠と見習いと思《おぼ》しき若い武士が御鷹を腕に速水と磐音らが話すところに戻ってきた。

速水を除く二人の従者が河原に片膝《かたひざ》を突いて待ち受けた。

磐音も倣《なら》って、頭《こうべ》を垂れた。

「左近、隼《はやぶさ》はなかなかの若鷹じゃぞ。素人《しろうと》の予の言うことを聞き分けおるわ」

まだ十代と思しき若い武者の声には興奮の様子が見られた。

「鷹は御鷹匠の隠された腕前を即座に見分けると申します。家基様のお腕がなかなかのものと隼が認めた証《あかし》にございます」

「そうか、そうかのう」

と応じた若武者が首を横に振り、

「左近、隼が予を楽しませてくれたのだ」

と言い切った。

若武者は、家治が日光社参に密かに同道させる世子の大納言徳川家基だった。

どうやら家基密行は、御鷹匠支配下の御鷹匠衆の一人に偽装して行われるようだと、磐音は速水らの工夫を推測した。

「家基様、この者が坂崎磐音にございます」

「なにっ、先に種姫の麻疹を治癒《ちゆ》した桂川甫周や阿蘭陀商館の医師の知り合いか」

速水左近から、先の阿蘭陀商館付きの医師ツュンベリーの種姫治療のことを聞き知っているのか。家基はさらに、

「坂崎、先の御用大儀であったな」

と労《ねぎら》いの言葉をかけた。

種姫は、血縁ではないが家基の妹にあたる。

「恐れ入ります。それがし、桂川どのや阿蘭陀商館の医師ツュンベリーどのに随身し、田安様のお屋敷に同行しただけにございます」

「そなた、甫周の友じゃそうな」

「お付き合いいただいております」

「甫周からいろいろと聞いておる」

磐音は片膝を突き、頭を垂れたまま答えていた。

「坂崎、許す、面を上げよ。話しにくくてならぬ」

家基が闊達にも言いかけた。

「坂崎どの、家基様のお言葉のままに」

と速水が面を上げることを命じた。

「そのほうら、ちと離れておれ。坂崎、左近と話がある」

二人の従者と隼を連れた御鷹匠らをその場から遠ざけた家基が、

「左近に聞いた。こたびはそれがしの道中、わが身を護ってくれると申すか」

「なんなりと御用命くだされ。坂崎磐音、一命を賭して家基様の御楯《みたて》になり申す」

磐音は十一代将軍に就かれる大納言家基に坦懐《たんかい》に答えていた。

「坂崎、城中というところ、魑魅魍魎《ちみもうりょう》も棲《す》みおれば妖怪《ようかい》も出没するところでな、その上、将軍世子になればなるほど窮屈極まりない。城中だけの暮らしでは考えも狭くなる。そこで父上は、予が十一代将軍位に就く前に世の中を広く見聞させたいとお考えになり、隠密《おんみつ》にて社参に同道を許されたのじゃ。そこへ刺客が襲いくると左近は言う。予には判断がつかぬ」

家基に恐れたふうはなかった。

天下を治める力量がこの若武者には自然に備わっていると磐音は感嘆した。

「家基様、まずはそのことを想定し、それがし、坂崎どのを御身近くに配する決断をいたしました」

速水が答え、家基が訊いた。

「坂崎は左近の剣友じゃそうな」

「直心影流佐々木玲圓道場にて、時に竹刀を交える仲にございます」

「腕前はいかに」

「家基様、坂崎どのの居眠り剣法には佐々木玲圓どのも手を焼く腕前、左近など歯牙《しが》にもかけられぬ腕前にございますぞ。なによりこの長閑な顔付きで数多《あまた》の修羅場《しゅらば》を掻《か》い潜《くぐ》って勝ち残った、稀有《けう》の剣者にございます。戦国の世なれば万石大名になって、家基様にお仕えしてもなんら不思議はございませぬ」

磐音が慌てた。

「家基様に申し上げます。速水左近様の神韻縹渺《しんいんひょうびょう》たる剣風、それがしごとき未熟者の心技とは比べようもございませぬ」

「互いに謙遜《けんそん》しおるな」

「家基様、それがし、坂崎磐音あればこそ、こたびの家基様のお忍びの日光社参を上様に願いましてございます。刺客が来たれば来たれ、その折り、坂崎どのの春風駘蕩たる剣の舞を、ご自身の目でお確かめくだされ」

と速水が答えたとき、岸辺に一隻の御用船が着岸した。

「川口にお渡りくだされ。それがしは向こう岸まで同道の後、家治様の御駕側に戻ります」

「坂崎は勘定奉行太田播磨の内用人の身分での社参じゃそうな。家基に同道してよいのか」

「はい」

磐音が畏《かしこ》まり、首肯した家基が御用船に乗り込んだ。

左近が続き、磐音を手元に呼んだ。

御鷹匠の老人は隼を腕に抱えて舳先に座していた。さらに残りの従者が乗り込み、御用船が出た。

「坂崎、そなた、奇妙な職に就いておるそうな。甫周から聞いた」

「鰻割きの仕事にございましょうか」

「おう、それそれ。巷《ちまた》では鰻の蒲焼と称する川魚の料理が流行り、甫周は坂崎の捌《さば》いた鰻を食したと申すぞ、左近」

「よう、ご存じにございますな。深川鰻処宮戸川の蒲焼の名、近頃では城中で噂する大名諸侯の家来方もございますそうな。坂崎どのは毎朝、この鰻を割く仕事をしておると、それがしも聞いております」

「坂崎、聞けばそなた、西国大名の重臣の嫡男というではないか。なぜそのような身分の者が江戸の裏長屋に住まいし、鰻割きなどしておるのじゃ」

「藩を離脱した理由は申し上げられませぬが、それがし、深川にて生計《たつき》を最初に覚えました。それが鰻割きにございます。本所深川近辺の堀には潮の満ち干《ひ》により美味い鰻が多く棲んでおります。この鰻を、上方から伝わった鰻の調理法にさらに江戸前の工夫を加えたのが、それがしが働かせてもらう宮戸川の鰻の蒲焼にございます。家基様、何事も続けてみると、そこから見えてくる様々な暮らしがございます。ただ今、それがし、両替屋行司に出入りを許されておりますが、今でも鰻割きは生計となっております」

御用船は短い旅を終えて川口の岸辺へ着こうとしていた。

「左近、江戸に戻ったら深川鰻処の蒲焼とやらを食してみたいものじゃな」

「御意。知恵を絞ってみます」

と約束し、舳先が船着場に静かにあたって止まった。

「家基様、それがし、上様の随身方に戻ります」

速水左近は、土手道を上流で渡河する家治の行列へと戻っていった。

その姿を見送る体の家基が、

「上様は川口の錫杖寺《しやくじようじ》でご休憩の上、中食《ちゆうじき》じゃそうな。われらはいずこで昼餉か」

と若い従者に訊いた。だが家基に、

「鳩ヶ谷村に、われら御鷹匠衆が放鷹の折りに泊まる名主宅がございまして、そこを予定しております」

と答えたのは老鷹匠だった。

磐音はやはり隼を腕に付き従う老人が幕府御鷹匠支配の者かと得心した。

御鷹匠支配は布衣《ほい》千石高の旗本で、二十人扶持《ぶち》が支給された。またこの御鷹匠支配は代々戸田家が世襲した。

老人はおそらく戸田家に属する御鷹匠衆十二人の一人か、あるいはそれらを束ねる組頭《くみがしら》であろうか。

「案内《あない》いたします」

と老人が道案内に立った。

家基のかたわらに従者二人が左右に従い、磐音は家基の後ろから進むことにした。

将軍家の世継ぎがわずか三人、磐音を入れて四人の供とは少なかった。だが、かたちばかりながら家基が御鷹匠の見習いである以上、致し方のないことでもあった。

「坂崎、隼を持つ老人はのう、御鷹匠支配戸田の組頭、ただ一人師匠と呼ばれる野口三郎助《のぐちさぶろうすけ》じゃ」

家基が磊落《らいらく》に御鷹匠の師匠を紹介し、さらに、

「この二人は予の従者で旗本の子弟、五木忠次郎《いつきただじろう》、三枝隆之輔《さえぐさりゅうのすけ》である」

「坂崎磐音と申します」

磐音が名乗ると、三枝隆之輔が、

「家基様、それがし、坂崎様を存じあげております」

と言い出した。

磐音は改めて三枝隆之輔を見たが記憶になかった。

「なにっ、そなた、坂崎を承知か」

「はい。友に招かれ、去年の佐々木道場の鏡開きに参りましてございます。その折り、道場では東西五人の剣者が選ばれ、勝ち抜き戦が行われました。坂崎様は西方の大将として、東方の次鋒《じほう》から大将まで四人を鮮やかに勝ち抜かれました。

その折りの光景が今もそれがしの脳裏に深く刻み込まれております。家基様、坂崎様の剣は、春の海のように大きく広く、たれにも真似ができませぬ。勝ち抜き戦の後、玲圓先生が、近頃はわしも危ないと申された言葉を忘れませぬ」

「佐々木玲圓道場は江戸一番の実力と申すが、坂崎はその第一人者か」

「間違いないところにございます。それがし、坂崎様が同道なされると知り、千万の味方を得たような気分にございます」

「隆之輔、楽しい道中になりそうじゃな」

「いかにも」

磐音は主従の会話を聞きながら、この一行の従者はそればかりではないと何気なく辺りを窺った。だが、二人してどこに紛れているのか気配すら見せなかった。

速水左近が家治の行列に再び合流したのは、中食を摂《と》る川口の錫杖寺であった。その門前まで小納戸堀五郎次《ほりごろうじ》が家治に従って見送ったのち、江戸へ戻らんと山門を出てきたところだった。

「速水様、宜しゅう頼みますぞ」

堀はその一言にすべての思いを込めていた。

速水は大きく頷いた。

「上様のご機嫌如何《いかが》にござるか」

「ただ今、今宵の御宿泊地、岩槻城主大岡忠喜様とご面談にござるが、ご機嫌すこぶる麗《うるわ》しゅう拝察いたしました」

「なによりにござる。江戸までの道中、気をつけて参られよ」

家治の股肱《ここう》の臣が挨拶してそれぞれに別れ合った。

速水が家治の休憩する座敷に行こうと内玄関に入ると、大岡忠喜が早々に岩槻城へと舞い戻るところだった。

「大岡様、今宵、造作をおかけ申す」

「速水どのか。遺漏なきよう努める所存、よしなにお頼み申す」

短い挨拶で別れた。

家治の休息する座敷では未だ儀式が繰り返されていた。

大納言家基のお遣いとして若年寄鳥居《とりい》伊賀守が、種姫のお遣いとして広敷《ひろしき》用人夏目《なつめ》但馬守《たじまのかみ》らが御気色《みけしき》伺いの順番を待っていた。

また住職の賢調《けんちょう》が緊張の面持ちで座敷の隅に待機していた。

御気色伺いの酒樽《さかだる》などの返礼に、家治から金子五枚、時服《じふく》、羽織などが下しおかれ、ようやく家治の昼餉の刻限がきた。

その時になって家治と随身方など腹心の者だけになった。

御膳《ごぜん》が運ばれる直前には桂川国瑞が御脈を診《み》た。

「左近、鷹匠見習いは堅固か」

「すこぶるご爽快《そうかい》の様子にて旅を楽しんでおられます」

「なによりかな」

家治が父親の顔に戻って莞爾《かんじ》と微笑《ほほえ》んだ。

「先ほど桂川甫周どのの友が一行に加わられました」

「なにっ、玲圓の自慢の弟子か」

「元々は豊後関前藩福坂実高《ふくさかさねたか》様の家臣にて、父は国家老を務めております」

「聞けば変わった履歴の持ち主よのう」

と家治が国瑞を見た。

「甫周どの、直《じか》にご返答を」

速水左近が命じた。

「坂崎磐音どのは私の畏友《いゆう》にございます。上様、あれほどの人物は、恐れながら幕臣にもそうそうは見当たらぬと存じます」

「桂川の四代目が言いおるわ」

と速水を今度は見た。

「上様、種姫様の麻疹ご治癒、阿蘭陀商館のツュンベリー医師や中川淳庵《なかがわじゅんあん》どのや私の力だけではどうにもなりませんでした。坂崎磐音という人物が私どもの行動をすべて支えてくれたのでございます」

「ほう」

と家治がしばし沈思し、

「機会あらば福坂実高に礼を申さねばならぬのう、左近」

「そのような栄を賜れば、福坂様の喜びいかばかりかと拝察いたします」

「よきに計らえ」

「はっ」

と速水が畏まった。

そんな刻限、大納言家基の一行は鳩ヶ谷村の名主兼左衛門《かねざえもん》の座敷にいた。

主従五人が同じ膳を並べて、昼餉を摂ろうとしていた。むろん家基の身分は明かされていないから特別な扱いもない。

この界隈の手打ち饂飩《うどん》は、炒《い》り胡麻《ごま》など味噌だれに青葱《あおねぎ》など薬味をたっぷりと添えて食べるものだ。そのほかに炊き込みご飯の握り飯が供され、高野《こうや》豆腐の煮ものや古漬けが膳に並んでいた。

家基は饂飩が初めてか、どう食べてよいのか戸惑ったふうがあった。

「お先に失礼いたします」

磐音は小丼《こどんぶり》に入った炒り胡麻入りの味噌だれに青葱を添え、饂飩を箸で摘まみ上げるとたれに浸して啜り上げた。

「おおっ、そのように食するものか」

「家基様、饂飩や蕎麦は音を立てて食べるのがなんとも美味にございます」

「こうか」

家基が磐音を真似て、饂飩を啜り込み、

「これは美味なるかな。なにっ、御鷹匠はつねにかような贅沢をしておるか、三郎助」

と野口老人に言い、

「これは恐縮にございます。それでは、それがしも野趣豊かに啜り上げますかな」

と二人を真似た。こうなると若い二人の従者も大らかに饂飩を啜るしかない。

五人は競争して昼餉を食した。

「楽しい道中になりそうじゃな、坂崎」

満面の笑みの家基に磐音は、

「はっ」

と畏まった。

三

初夏の候、日光御成道を、いつ果てるとも知れぬ行列が行く。先頭も後尾も見えず延々と続いて、ほぼ真北に進んでいく。

「絵巻物のようだな、三郎助」

家基の声が弾《はず》んでいた。

昼下がり、穏やかな天気に恵まれ、青々とした田圃《たんぼ》の上を燕が数羽円弧を描いて遊ぶ。

その遥か先に御成道が通り、「絵巻物」が進んで行くのだ。なんとも爽快な気分にさせられた。

家基主従は御成道から十数丁ほど東に並行する野良道を北行していた。御成道と野良道の間に広がるのは田圃で、御行列の進行が霞んで見渡せた。

磐音は前後に仇《あだ》なす人影のないことにほっとしながらも、家基の後を従っていた。

由蔵らもこの行列のどこかを、あるいは家基らが密行するように脇道《わきみち》を進んでいるか、磐音の心配はそれだけだった。

「坂崎」

と家基がふいに磐音の名を呼び、かたわらを歩くよう手招いた。

五木忠次郎と三枝隆之輔が磐音と代わった。

「そなた、大川に船を出して先の阿蘭陀商館の医師らを持て成したそうじゃな」

「家基様はそのようなことまでご承知にございますか」

「甫周が楽しげに話してくれたわ。阿蘭陀商館長《カピタン》のフェイトと医師のツュンベリーが大喜びしたそうじゃな」

「家基様、幕府の決まりに反し、船遊びを企てたのはそれがし一人の考えにございます」

磐音は事が露見したとき、桂川国瑞に累が及ばぬよう家基に答えていた。

「坂崎、予の前でそのような斟酌は要らぬ。本来ならば、種姫の命を救うてくれた阿蘭陀商館の医師らを接待すべきは徳川一門か幕閣の者であろう。甫周に聞けば、江戸滞在の間、御用のとき以外、本石町《ほんごくちょう》の長崎屋から一歩も出られぬ阿蘭陀人ら二人を気遣い、また、種姫治癒のために寝食を忘れて尽くしてくれた二人に礼を述べたいがために、そなたが極秘に船を仕立てて出したというではないか。家基、種姫に代わり礼を言うぞ」

「家基様、勿体《もったい》なきお言葉にございます」

磐音の胸は感動に震えた。

西の丸様は、

「鋭敏にして明晰《めいせき》」

と城の内外で噂される評判は真実《まこと》であった。それだけに将軍家の形骸化を企《たくら》み、田沼体制の続行を企てる意次一派の策動が気になるところでもあった。

「坂崎、隅田村の入り江の木母寺《もくぼじ》に幔幕《まんまく》を張り巡らし、桜の下で宴《うたげ》を催したと聞いた。家基も集いたかったのう」

家基は本心を述べていた。

「いつの日か、そのような機会がございましたら」

と磐音は家基の正直な気持ちに思わず答えていた。そして、

「こたびの上様のご決断、家基様を日光社参に密行で同道なされたご決心、坂崎、深く感じ入る次第にございます。若き内になにごとも経験させたいという上様の親心にございましょう。ならば、家基様には、上様の御心を存分に堪能《たんのう》なされませ。日頃の御城中のお暮らしを忘れて、民草《たみくさ》がいかに生き、暮らしているか存分に見聞を広めてくださいませ。そのためならばそれがし、なんなりと御命に従います」

「うーむ」

と家基が頷いた。

「家基様」

御鷹匠組頭の野口三郎助の緊張した声がした。

野良道は半丁ばかり先で辻《つじ》になり、道祖神の辻に楠《くすのき》の大木が若葉を茂らせ、緑陰を投げていた。

風が田圃を渡り、若葉を揺らして、緑陰をそよがせた。

磐音はすぐに野口老人の声の意味を察した。

腕の隼も緊張して身構えていた。

待つ者がいるのだ。

立ち止まった家基一行に気付いたか、楠若葉の陰で動いた者がいた。

「家基様、野口どの、それがしの知り合いにございます」

磐音の声に野口の緊張が解けた。

弥助だった。

「坂崎、そなたは何者じゃ」

「深川六間堀の裏長屋に住まいいたします浪々の者にございます」

「その者が鰻割きのかたわら、こたびの社参の路銀を幕府に代わりて調達した両替屋行司今津屋の後見をなし、予に同道いたし、密偵如《ごと》き者まで使いおる。裏長屋に暮らす者ができるわざか」

「家基様、すべて成り行きにございます」

「なにっ、家基との同道も成り行きか」

「はっ、恐縮ながら」

「三郎助、坂崎磐音とは可笑《おか》しな奴よのう」

前を行く野口老人に話しかけた。

弥助は道祖神のかたわらに膝を突いて一行を待ち受けていた。

「弥助どの、御行列に変わりはないか」

「上様もご機嫌麗しく御駕から周りの景色を楽しまれる風情にて、随身の方々になにかと問うておられるお声をお聞きしました」

家基が呆れ顔で弥助を、次いで磐音の顔を見た。

弥助と呼ばれた男、警備の厳しい家治の御駕近くまで平然と忍び寄り、家治の声まで聞いてきた。それを坂崎磐音は当然のごとく報告を受けていた。

「行列は如何かな」

「はい、異変は起きておりませぬ。ただ……」

「ただ、なにか」

「御行列の先頭はすでに岩槻城下に到着しておりますが、後尾は未だ江戸府内を出ておらぬという道中方の報告にございます」

磐音が首肯し、

「弥助どの、出納方の業務、滞りなく進んでおるかな」

とさらに問いを転じた。

「戸田川の渡河の前後ではだいぶ作業が滞留いたしましたが、武家方と町方が一丸となって動き始めた昼からは滞りもなく進んでおります。由蔵様が鬼の形相《ぎょうそう》をなされて、武家方であれ町方であれ叱咤《しった》され、てきぱきと決断なされておられる結果にございます」

「まずはよかった」

と弥助の報にほっと胸を撫《な》で下ろす磐音の顔を家基が見た。

なんと、幕府が威信をかけた日光社参の行列を実際に動かしているのは江戸の両替商らであり、浪々の坂崎磐音のような影の人物であった。

(家康様が緒をお付けなされた幕藩体制、大胆な変革をせねば明日にも倒れるぞ)

それが、若き将軍家の世子が肝に銘じたことだった。

豊後関前藩の福坂実高一行が、長い待機の後に江戸城前を進んで御行列の一角に組み込まれたのは、昼の刻限であった。

前後にも威儀を正した三百諸侯の行列が行く。むろんどこに家治の御乗り物があるのか見当もつかなかった。すでに遥か数里先を進んでいることだろう。

王子村から岩淵の戸田川渡河地点に差しかかったとき、すでに八つ半(午後三時）の刻限だった。

「殿、お加減は如何にございますか」

駕籠の外で坂崎正睦《まさよし》の声がした。

「堪《た》えるしかあるまいな」

「まことにもってそれしか途《みち》はございませぬな」

実高らはこの日光社参の道中の間、三度三度の食事が摂れるなどとは考えてもいない。果てしなき行列の一角に加わり、ただのろのろと北へ進む、それが社参と覚悟していた。厠さえ満足に使えまいと、実高は前夜から水絶ちしていた。

「岩槻城下到着は、この分では深夜かと思われます」

正睦はせいぜい二刻（四時間）の仮眠休憩の後、再び行列に加わることになると覚悟した。それが徳川幕府へ忠誠を尽くすただ一つの方策なのだ。

実高は駕籠の引き戸の隙間《すきま》から、戸田川の流れを埋め尽くして行き交う御用船の列を見ていた。

いつ順番が来るか、幕府の道中奉行の指図がないと動くことさえ叶わなかった。

渡河の順番待ちの大名諸侯が幾十組と河原のあちこちに待機していた。

正睦はふいに、

「豊後関前藩福坂様の行列は何処《いずこ》におられるや」

という幕府道中方の役人の声を聞いた。

「それがし、豊後関前藩の随身の者にございます」

「おおっ、そちらにおられたか」

道中奉行支配下の川役人が、

「こちらに参られよ」

と上流へ移動せよと命じた。

豊後関前藩の一行は、行列を外れて一丁ほど上に設けられた幕府方の渡し場に案内された。そこにはすでに御用船二隻が仕度を終えていて、

「御座乗くだされ」

との命に、御乗り物のまま実高は御用船に移った。さらに周りを坂崎正睦、福坂利高《としたか》、中居半蔵ら側近数人が囲んで乗り込んだ。二隻目にも従者が乗り移り、岸辺を離れた。

「正睦、如何いたしたか」

実高の声が緊張していた。

「仔細が分かりませぬ」

「他藩で先を急がされる一行ありやなしや」

「見当たりませぬ」

主従の懸念を乗せて御用船は対岸に到着した。するとそこに老中支配下御番頭《ごばんがしら》の稲生秀則《いのうひでのり》が待ち受け、

「福坂実高様にございますな」

と念を押した。

「いかにもそれがしが福坂実高にござる」

「これより岩槻城下に先行いたします。関前藩の御乗り物と従者は三人までにしてくだされ。警護先導はわれらがいたします」

と命じた。

中居半蔵らの顔がさっと蒼白《そうはく》になった。

「稲生様、われら全員の随行は願えませぬか」

中居半蔵は決死の覚悟で言った。

「見てのとおり、御成道をはじめ、脇街道はすべて北に向かう行列で一杯にございます。軽装にて参らねばなりませぬ。残りの方々は後から脇街道を参られよ」

「お伺いいたしたい。何用あって豊後関前藩は急がねばなりませぬか」

「従者どの、それがしはなにも聞かされておりませぬ。早馬にて知らせあってのお手配、今は急ぐことが肝要かと存じます」

そこまで言われれば覚悟するしかない。

「供は中居半蔵・小姓の田野倉新松《たのくらしんまつ》、それとこの坂崎正睦が同道いたす。あとのことは利高様、頼みましたぞ」

と青い顔で呆然としている江戸家老の福坂利高に願った。

利高を江戸家老に抜擢したのは正睦自身だが、藩主の縁戚をよいことに藩務を疎《おろそ》かにして遊び呆けていた。

豊後関前藩にとって危惧の種だった。

とにかく行列の進行を差配する御用道を、福坂実高の一行は稲生ら御番衆に警護されて進むことになった。

江戸城を寅(午前四時)の刻限に発した先遣隊六番組の田沼主殿頭意次一行は、昼過ぎに岩槻城下三の丸陣屋の宿営に到着した。

家治の中核部隊の前を、ほぼ同じ陣立ての先発隊が何組となく先行して露払いをしていた。

田沼意次は陣屋に入ると、本来の従者とは別の密偵を呼び、何事か命じると散らせた。

その様子を、陣屋の門外から見つめる深編笠の武家がいた。

数日前に江戸を発ち、密行して日光に向かう佐々木玲圓道永その人だ。

玲圓は剣友にして家治の御側衆速水左近より相談を受け、さらに坂崎磐音を交えて話し合った末に、隠密裡《おんみつり》に日光社参に向かう家基の身辺を影ながら警護する決心を固め、江戸を離れたのであった。

家基に仇なす者はただ一派、田沼意次一統しかない。そこで先遣隊六番組として岩槻城下入りした田沼の宿営を見回りに来たところだった。

田沼意次は下忍を同道させていた。

その者たちがなにかの命を受けて散った四半刻《しはんとき》（三十分）後、佐々木玲圓はかたわらに人の気配を感じた。

「弥助か」

「はっ」

と元幕臣の末裔にして神保小路で直心影流の道場を開く佐々木玲圓のかたわらに薬売りの弥助が控えた。弥助は弾む息を必死で整えようとしていた。

弥助は磐音が連絡掛として遣わした者だった。

このとき、玲圓は改めて坂崎磐音の人脈の多彩さに驚いたものだ。

「どうやら西の丸様日光密行が、田沼様の密偵によって知られたようにございます。御用道の向こう岸に田沼様の早馬が到着しまして順番を待っております」

「ちと早かったな」

それが玲圓の答えだった。

その時、二人の耳に馬蹄《ばてい》の音が響いた。

陣屋に一騎の早馬が駆け込み、陣屋の門扉《もんぴ》が閉じられた。

「先生、ちと様子を」

という言葉を残して、弥助はふわりと大気に溶け込むように玲圓のかたわらから消えた。

玲圓は江戸に残った西の丸様、家基の予定を思い浮かべた。

家基は卯の刻限の父子の対面見送りの後もしばらく江戸城本丸大納言御座所にて、民部卿治済と三献の御祝を務め、御祝の囃子《はやし》を見物した後、西の丸に引き下がられる……これが公式の家基の日程であった。

だが、実際は父の家治を外殿に見送った後、少数の従者と御庭番衆に護られ、江戸城を抜け出て、戸田川へと急行していた。

もし家基の西の丸不在が知れたとしたら、田沼一派が西の丸に潜入させた密偵がその事実を摑んだか、徳川治済の周辺から洩れたか、二つに一つしかなかった。

佐々木玲圓は辛抱強く弥助の戻りを待った。

そのとき、弥助は田沼意次の宿営陣屋の座敷下の床に潜んでいた。

田沼が同行してきた密偵たちは周辺の探索で陣屋を出ていたことが、弥助の潜入を助けていた。

床上から慌ただしく書状を読む物音が伝わってきた。さらに重苦しい沈黙の後、田沼意次らしき人物の声が聞こえた。

「書状の他に言伝《ことづて》ありや」

「西の丸様の随行は少数と思われますそうな。道案内には御鷹匠組頭の野口三郎助が従っていることが判明しております、その他には二、三人と思えます」

また沈黙が続いた。

「辰見《たつみ》、そのほう、家基様の密行どう見るな」

「まず間違いなきことかと」

「上様は何処で家基様の日光同道の触れを出される所存か」

「まずは宇都宮到着までには」

「通告されると申すか」

「いかにも」

「ならば明日が古河城泊まり、次が宇都宮到着。二晩しか機会はないぞ」

「いかにもさようで」

「辰見、下忍どもを呼び戻せ。家基様の一行、必ずや上様の宿営近くに潜んでおられる。馬鹿げた策を考えられたものよ」

「江戸にて仕掛けるよりは容易《たやす》いかと」

「江戸の者たちの到着を待つか」

「今宵、家基様の居場所判明いたさば、即刻手の者を動かします」

「よかろう」

弥助は床下の闇《やみ》を伝い、脱出にかかった。

玲圓の周りはすでに夕闇が訪れていた。

闇が動いて弥助の姿が滲《にじ》み出た。

「そなたの勘があたったか」

「はい」

と答えた弥助が、聞き取った会話を克明に告げた。

「おのれ！」

と呟いた玲圓が、

「このことを磐音に伝えよ」

「畏まりました」

再び弥助が闇に溶け込んだ。


その刻限、豊後関前藩福坂実高と坂崎正睦は、将軍家治の前に平伏していた。日光社参の宿泊地には数多の遣いや使者がやってきた。だが、その間に短い休憩を取った家治は、対面の儀式が繰り返される書院とは別の離れ屋に移動して、二人を呼び、面会したのだ。

「実高、そのほうを呼んだは、礼を申し述べたいからじゃ」

「ははっ」

と応じた実高は、

「実高、上様よりお礼のお言葉をいただく覚えはござりませぬ」

「ないと申すか」

「ははっ」

平伏する二人に、

「二人とも面を上げよ、許す」

との声がかかった。

実高が、そして正睦が静かに面を上げ、将軍家治を窺うように見た。

城中にて外様《とざま》六万石の大名が家治の顔を拝するのは遠くからだ。このように間近に拝顔したことなどない。まして坂崎正睦は初めてのことだ。

「正睦、そのほう、よき倅を持ったな」

「ははっ」

「磐音のことよ。先には種姫が世話になり、こたびも日光社参でそのほうの倅に面倒をかけておるわ」

と磊落に言う家治に、実高も正睦も返す言葉がない。

「実高、惜しい家来を外に出したものよ」

「実高、磐音を外に出した覚えはございませぬ」

実高は必死で答えた。

「とはいえ、坂崎の倅は江戸にあってなにやかやと働いておる」

家治がかたわらの小姓に合図すると、小姓がすでに用意していたものを二人のかたわらに運んできた。

「実高、そのほうには蜂屋《はちや》兼貞《かねさだ》の短刀を、正睦には時服を取らせる。予の気持ちじゃ、快く受け取るがよい」

「有難く頂戴いたします」

実高と正睦は、思わぬ感激に再びその場に平伏した。

立ち上がる気配の後、遠ざかる足音がしたが、二人の主従は頭を上げることができなかった。

時をおいて正睦が静かに頭を上げた。

その時、実高の洩らす言葉が聞こえた。

「惜しい家来を外に出したと上様が仰《おお》せられた。正睦、予は磐音を手放したことはないぞ」

痛ましくも身を震わす実高の慟哭《どうこく》を正睦は聞いた。

四

岩槻城下外れに浄土宗日暮山西念寺があった。

夜半、田圃では蛙が鳴き声を競い合い、細流のせせらぎと重なって夜の静寂《しじま》を破っていた。

衣紋掛《えもんか》けに羽を休めていた隼の目が、ふいに闇夜に見開かれてぎらりと光った。

隼は御鷹匠組頭の野口三郎助老人と同じ宿坊の片隅にいた。

野口三郎助も目を開けたが、すぐには床《とこ》から起きる動作を示さなかった。

ここは日光社参に密行する徳川家基の宿泊所だ。

寺の境内へじわりじわりと刺客の輪が狭まり、殺気が満ちてきた。

田沼意次に密かに同道するのは雑賀衆《さいかしゆう》の一派蝙蝠《こうもり》組だ。

この組二十余人を率いるのが辰見喰助《くいすけ》であった。辰見はひょろりとした七尺余の長身で、支配下の忍びらには、

「七尺組頭」

と呼ばれていた。

田沼が政争を勝ち抜くために新たに編成した隠密下忍集団雑賀衆の総頭は、流浪の剣術家雑賀泰造日根八《たいぞうひねはち》といい、独創の剣技、

「四方泰流《しかたたい》」

を遣った。

雑賀衆の末裔の雑賀泰造が田沼の信頼を得られた経緯は、鉄砲弓手裏剣など飛び道具を巧みに遣いこなし、毒物の知識に長《た》けていたからである。田沼は一年ほどの時と金子を与え、強力な暗殺集団を作り上げさせていた。

日光社参は雑賀衆の初陣であった。

田沼は江戸に残る総頭雑賀に極秘の命を与えていた。

「西の丸様暗殺」

の指令だ。

先遣隊として日光に随身する田沼意次は、自らの周りに下忍の雑賀衆蝙蝠組の、七尺組頭辰見喰助ら二十余人を密かに配していた。

享保《きようほう》四年（一七一九）、田沼は江戸に生まれていた。

父の意行《おきゆき》は紀州藩士で、藩主の徳川吉宗が八代将軍に就いた折りに紀州から江戸に出て、旗本に転身した。

倅の意次の出世は十六歳にして始まる。吉宗の世継ぎ家重付きの小姓に抜擢され、意行の亡き後、家督《かとく》相続をした。

その後、小姓組番頭格、小姓組番頭、側衆を経て、宝暦八年（一七五八）には一万石の大名に出世していた。さらに家治が十代将軍に就任するや出世の加速度を増して、側用人、老中格を経て、明和九年（一七七二）についに幕閣の最上位、老中に昇りつめた。

田沼意次は日光社参に家治の側近として、付き従うことを策していた。だが、日光社参の陣容が発表されたとき、なんと先遣隊六番組、道中は家治とも面会が叶わぬお役に就かされていた。

田沼にとって肚に据えかねる人事であった。

家治が田沼意次との距離を微妙に測っていることが推測された。

城中では、もっぱらこたびの田沼意次先遣隊のお役就任を、

「日光社参の路銀調達」

の失敗の責めを負わされたとの噂が流れていた。

徳川幕府の威光を示すべき日光社参の路銀二十二万両の大半を町方から、両替屋行司今津屋らの助けを借りねば集めることができなかったのだ。

老中の就任時から田沼意次は、

「重商主義」

を旗印に、自らが幕府の財政改革に乗り出すことを宣告していた。だが、老中就位から四年、なんら見るべき改革とてなく、相変わらず幕府の御金蔵は閑古鳥《かんこどり》が鳴き暮らす有様であった。近頃では、

「田沼様は身内を潤すことだけに精を出しておられる」

と非難と怨嗟《えんさ》の声が密かに流れていた。

その声を押さえつけるためにも、家治の権威と田沼自らの私兵の力が要った。だが、日光社参の随身方から外され、御行列の先を歩かされていた。

家治のかたわらに控えることは、あらゆる情報が自然と耳に入ることでもあった。だが、家治の御駕側や宿泊地の岩槻城を離れての陣屋を宿営にしていては、情報から全く遮断されての道中となる。

それだけに、密かに同道した雑賀衆蝙蝠組の働きが重要な意味を持っていた。だが、田沼が西の丸様暗殺のために江戸に残らせた雑賀泰造から、家基の、

「江戸脱出と日光社参の密行」

が知らされてきた。

田沼意次を嫌い、新たな徳川体制に向けて人事を大幅に刷新すべきとの考えの持ち主、西の丸の大納言家基が本丸に移り、十一代将軍に就くことだけは、なんとしても阻止せねばならなかった。

家基の将軍就位は即、田沼一族の凋落《ちょうらく》を意味した。

田沼意次は一瞬、企ては失敗かと嘆じたものだ。

だが、数人の従者を連れただけで日光に向かう家基を襲うことは、江戸での暗殺計画より容易く、千載一遇の好機到来ではないか、と思い直した。

意次は、江戸からの本隊到着を待たず、七尺組頭の辰見喰助が率いる雑賀衆蝙蝠組に家基襲撃を命じたのだ。

西念寺の宿坊のどこに家基が就寝するか、七尺組頭は寺の檀家衆などに巧妙な口調で近付いて聞き知り、その見当をつけていた。

七尺組頭は二十余名の雑賀衆蝙蝠組を三班に分けた。

一の組は家基を囲い込み、止めを刺すべき刺客の六人。すべて剣術の達人ばかりだ。

二の組は短弓を持参して随身を牽制《けんせい》する飛道具五人組。

残りの三の組は遊軍として自らの側に置き、襲撃の推移によっては適宜出陣させる手筈を整えた。

夜陰《やいん》に乗じて、西念寺の境内に侵入した蝙蝠組に、七尺組頭が無言のうちに下知を与えようとしたとき、どこかで羽音がした。

家基に随行する御鷹匠組頭の老人が携えた鷹が目を覚ましたか。

しばし下知の合図を待ち、羽音が休まるのを待って行動に移させようとした。

そのとき、鐘楼でなにか気配がした。

凝然と立ち尽くした七尺組頭と一味は、先ほどまで人の気配などなかった鐘楼を見上げた。

「なんぞ御用かな」

なんとも長閑な声が落ちてきた。黒い影が一つ、雑賀衆蝙蝠組の刺客たちを見下ろしていた。

「おのれはなに奴」

「日光道中を参る途次、野宿をいたす羽目になりまして、一夜の宿に鐘撞《かねつ》き堂をお借りしており申した」

のんびりと春風が吹く風情の言葉遣いで答えながら、その影が悠然と石段を下りてきた。

「おのれは家基様の随員か」

「おや、自ら化けの皮を剝《は》がしましたか。して、お手前はどなた様にござるか」

七尺組頭の節のない青竹のようにひょろりとした、その角張った両の肩には、黒の忍び装束がまるで衣紋掛けにかけられた衣服のようにまとわりついていた。

「辰見喰助、又の名を七尺組頭」

「七尺組頭とは、言い得て妙なお名前じゃな」

「そのほう、何者か」

「深川六間堀の裏長屋に住まいいたす坂崎磐音と申す浪人者にござる」

「なにっ、そのほうが坂崎磐音か」

「深川暮らしの浪人者の名を七尺組頭がご存じとは、努々《ゆめゆめ》考えもせぬことでござった」

辰見が片手を上げた。

一の組の刺客六人が抜刀すると間合いを詰めた。

磐音は悠然と備前長船長義二尺六寸七分、反《そ》り五分五厘を抜いて正眼に置いた。

「斬れ、息の根を止めよ」

これが七尺組頭辰見喰助の命だった。

六人の遣い手は半円を描いて、磐音を鐘撞き堂の石垣に押し込めるように囲んでいた。

磐音の逃げ場はどこにもない。だが、同時にそれは背後を気にすることなく前方の敵に立ち向かえることを意味していた。

六人の両端が八双《はっそう》と逆八双に構えた。

（左右から絞り込んで押し包む気か）

磐音が気配もなく正面へと走った。

一陣の春風が吹き渡るようで、一片の殺気すら感じさせなかった。

おうっ！

正面の一人が磐音の動きに呼応して踏み込み、長船長義を弾こうとした。流れた刃の反対側から味方が二の手を放つ、その狙いがあった。

だが、弾こうとした刃がまるで真綿で包まれたように動きを止め、その転瞬《くる》、反対に弾かれて、次の瞬間には肩口をふわりと斬り割られていた。

磐音は元の場所に飛び下がった。

六人の一角が破壊され、五人に動揺が走った。

「間を置くでない！」

七尺組頭の命が下され、五人が輪を縮めようとした。
その機先を制した磐音が右手前方に飛び、
ふわりふわり
と長船長義を左右に斬り分けていた。
二人が腰と肩を割られ、横ざまに倒れた。
一旦後方に引くと見せた磐音は横っ飛びに移動して、残る三人の真ん中に入り込んだ。
三人が剣を突き出したり、斬り下ろしたりする狭間《はざま》を風が吹き抜けた。
磐音が鐘撞き堂の石段の前で、
くるり
と身を翻《ひるがえ》した。
その視界に、戦闘不能に陥った一の組六人が倒れ伏して呻いていた。
「七尺組頭どの、どうなさるな」
辰見喰助は、短弓を構えた二の組と遊軍の三の組に合図を送ろうとして踏み止まった。
家基の一行に、これまでも田沼意次の支配下が苦い目に遭《あ》ってきたという坂崎磐音が加わっている以上、態勢を改めて出直すべきではないか。

「今宵は挨拶」

「それがようござる。お仲間をお連れくだされ」

と怪我《けが》を負わせた六人の撤収を磐音は許した。

雑賀衆蝙蝠組が手傷を負わされた仲間を抱えて闇に消えた。

鐘楼から離れた闇で人の気配がした。本堂の扉が押し開かれる物音がして、すでに旅仕度の大納言家基と腕に隼を乗せた御鷹匠組頭の野口三郎助、五木忠次郎、三枝隆之輔の四人が姿を見せた。

「そなた、どのような手妻《てづま》を使ったな」

興味津々に十五歳の若武者が訊いた。

「家基様、手妻など使えませぬ」

「いや、予の目には朧な風が吹き渡ったと思うたら、あやつらがばたばたと倒れたのが映じたぞ。剣で倒したとも思えぬ仕儀であったがな」

と家基は首を傾げた。

「家基様、坂崎様の剣法は長閑で大らかにございます。佐々木道場では坂崎様の剣技は居眠り剣法と呼ばれております」

と三枝隆之輔が言い出した。

「なにっ、居眠り剣法とな」

「その構え、春先の縁側で日向《ひなた》ぼっこをしている年寄り猫のようで、眠っているのか起きているのか、対峙《たいじ》する相手は手応《てごた》えを感じず、つい油断をするそうです。ところが、家基様、居眠り剣法の真骨頂は、一転した電撃の攻撃にございますそうな。相手はいつ打たれ、斬られたか分からぬうちに致命的な傷を負わされております」

「おおっ、言い得て妙なるかな。速水左近も、春風駘蕩たる坂崎磐音の剣の舞を自ら確かめよと申したが、確かに不可思議な剣じゃぞ」

「家基様、御鷹も一緒でしてな、あまりにも獰猛《どうもう》な若鷹は大成いたしませぬ。坂崎様のように悠揚たる構えで時の流れと四方の動きを読む鷹が、名鷹《めいよう》上手と呼ばれる傑出した御鷹に育ちます」

「坂崎は年寄り猫の如く構えて、鷹に変ずるか」

「強き味方が同道くだされてわれらも心強いかぎりです」

「いかにものう」

主従が話す間に本堂の陰からそっと姿を消した人物がいた。

家基の影警護をする佐々木玲圓だ。同時に、弥助も玲圓に従って姿を消した。

「家基様、出立にはいささか早うございますが、古河を目指しましょうか」

「磐音、先遣隊はすでに岩槻城下を出ておろうな」

家基が磐音を名で呼んだ。

「いかにも丑（午前二時）の刻限が近うございますゆえ、先遣の三の組まで出立致した頃合いかと思われます」

「予は、夜旅は初めてじゃ」

「本日の旅程にはいくつか小さき川を渡ります。お疲れあそばされました折りには、河原の木陰で涼風に吹かれながら、午睡などいたされては如何でしょうか」

「野天で午睡か。それも初めての経験かな」

家基主従は遠く日光御成道で動き出した御行列を感じながら、田舎道を北へと進んでいった。


日光社参二日目、家治は前日と同じく卯（午前六時）の刻に発駕した。

先導役は本丸老中松平右近将監武元《うこんのじょうたけちか》だ。

上野館林《こうずけたてばやし》藩主の松平右近は六万一千石を領有する譜代大名で、延享《えんきょう》四年（一七四七）からこのあと安永八年（一七七九）まで三十二年にわたって老中職を務めることになる老練の高官だった。

むろん岩槻藩主の大岡兵庫頭忠喜も城外まで見送りに出た。

この岩槻城門外にも、大納言家基の御遣押田《おしだ》信濃守《しなののかみ》が御気色伺いに出ていた。


昼下がり、幸手外れを流れる権現堂川《ごんげんどう》の河原に家基一行は歩を休めていた。

未明から歩き続け、昼前には日光御成道と日光道中が合流する幸手宿上高野《かみたかの》に到着していた。岩槻と幸手間は四里八丁である。

朝餉を抜いた一行は、幸手の一膳飯屋に入り、岩魚《いわな》の塩焼きに里芋、人参、椎《しい》茸《たけ》、乾瓢《かんぴょう》の煮付け、冷や汁を菜に麦飯を食した。

旅人が食する飯を大納言家基は口にして、

「なにっ、下々のものはかくも美味なる食べ物を食しておるか」

と野口三郎助に訊きながら、冷や汁をお代わりした。

「家基様、夜旅にてご空腹にあらせられまする。巷間《こうかん》、空腹に不味《まず》いものなしと申しまして、動いた後の食べ物は美味にございます」

「いかにもさようかな」

家基は素直だ。それに旅を心から楽しんでいた。

朝餉と昼餉を終えた一行は、権現堂川の河原に一休みして、隼を解き放つことにした。

家基は御鷹匠組頭の野口三郎助に教えを乞いながら、隼を自在に飛ばしては呼び戻した。

家基のかたわらに控える磐音も、隼が思うがままに虚空を舞う姿を心から楽しんだ。

「三郎助、隼の目になったようで、田畑も河原も一望のもとに鳥瞰《ちょうかん》できるぞ」

半刻（一時間）あまり、隼を運動させた一行は権現堂川の流れで隼に水を飲ませ、水浴びをさせた。そのついでに磐音たちも下帯一つになって流れに身を浸し、空にぽっかりと浮かぶ白雲の動きを眺めていた。

「忠次郎、隆之輔、なんとも気持ちがいいのう」

「いかにも今度は魚になったような気持ちがいたします」

「鳥から魚に変身したか」

と答えた家基が、

「磐音、子には旅をさせよと聞いたことがあるが、確かじゃな。父上は大勢の供に囲まれて、このような愉楽はあるまいな」

「それが天下を司る上様のご身分にございます。大納言家基様もいずれはそのような座にお昇りあそばされるのです」

一人だけ水遊びをしなかった野口三郎助が浴衣を手に、

「家基様、体を冷やしすぎてもいけませぬぞ」

と濡《ぬ》れた体に着せかけた。

磐音たちも流れから上がり、土手の木陰でしばし休息した。

「磐音は午睡をしてもよいと申したな」

「風に吹かれ、行く雲を眺め、流れる水の行方に思いを馳《は》せるのも旅の楽しみの一つにございます」

「こうか」

家基がごろりと横になり、いつしか眠りに落ちていた。若い従者の三枝隆之輔と五木忠次郎も、家基の寝息に誘われるように眠り込んだ。

その様子を野口老人と磐音が微笑みながら見ていた。

この日、松平周防守康福に先導された家治の御駕が古河藩主土井《どい》大炊頭《おおいのかみ》利里《としさと》、美濃守利見《みののかみとしあきら》親子の出迎えを受けて城門を潜ったのは、申《さる》（午後四時）の刻だった。
その時、家基一行は古河城下大聖院の離れにすでに到着していた。
一行が夕餉を馳走になった直後、弥助が姿を見せて、磐音が姿を消した。

第四章　思川の刺客

一

天正《てんしょう》十八年（一五九〇）、徳川家康は関東入りに伴い、信濃国松本城主小笠原《おがさわら》秀政《ひでまさ》を古河の地に三万石で移封させ、立藩させた。それが下総《しもうさ》古河藩の始まりであった。

以降、いくつもの譜代名門家が交通の要衝古河を護ってきた。いずれも長続きせず、土井利里の古河藩再封によって、ようやく藩体制が確立しようとしていた。だが、それもこれもこの日光社参の家治一行を無事に迎え、送り出す大事の結果次第であった。

古河藩は天正十八年の立藩以来、この頃までに十二家二十二人の藩主を送り迎えしたが、その二十二人から二人の大老、七人の老中を輩出する。

江戸との立地などを勘案して幕府が細心な人事を行った結果であろうか。

古河城を改築したのは土井家の最初の古河入封時代で、寛永《かんえい》十一年（一六三四）に古い古河城を改修し、御三階櫓《やぐら》、本丸御殿、二の丸殿舎を備えた堂々たる城郭を造営した。関東においては、天守閣がなく土塁だけの御三家水戸の城を凌《しの》ぐ規模であったという。

磐音は城下を弥助の案内で進みながら事情を聞かされた。

「由蔵どののもとでなんぞ起こっているのか」

「先ほど勘定奉行出納方の宿営宗願寺を覗いてみますと、支払いを受けられる武家方が山門の外まで延々と並んでおり、事務が停滞している様子でした。そこで境内に入って様子を窺いますと、武家方の出納組頭伊沖参左衛門様が熱を発せられたとか。庫裏《くり》にお籠《こも》りで、由蔵様ら町方が決裁した書き付けを一々庫裏まで上げて、伊沖様の認証を得るという迂遠《うえん》な作業が続き、支払い方が滞っていたのでございます」

「伊沖様の発熱、重症かな」

磐音はそのことを気にした。

「いえ、伊沖様は熱を発したわけではございません。勘定奉行出納方の事務がすべて由蔵様ら町方の主導判断で進められるのに腹を立てられ、仮病を使って嫌がらせをしておるようだと見ましたがね」

「いくらなんでも、そのような子供じみたことを武家たる伊沖様がなさるわけもあるまい」

「それがそうなんで」

と弥助が苦笑いした。

磐音は返す言葉をなくした。

「どだい路銀の出し入れに際しての判断は商いに慣れた商人の独壇場でございますよ。今津屋様では金銀相場や両替仕事で一日何千両と扱われましょう。金子は生きもの、いかなるものかよくよくご承知にございます。それだけに判断が早い。一方、勘定奉行では決裁のためにお集まりを重ねて鳩首《きゅうしゅ》会談を繰り返し、その挙句に決裁は先送り、責任は自分のところではなるべく負わず、他に回すというやり方です。これでは太刀《たち》打ちできるわけもございません。武家方と町方の出納方ではどうしても、毎日修羅場を潜ってきた町方主導になります。江戸を発った時分は、それでも二派が必死で作業を呑み込もうと協力しておられましたが、旅が進み、決裁事項が増えてくると、先ほど申したような事態が生じまして、武家方が浮く。そこで由蔵様も腐心しておられたのですが、ついに武家方の大将どのが臍《へそ》を曲げたというわけなんで。呆れた話ですよ」

弥助が舌打ちして話を終えた。

「事情は分かった」

と答えた磐音は、

「弥助どの、勘定奉行の太田播磨守様はどちらにおられるか分からぬか」

勘定奉行は幕府高官、自ら金銭の出し入れの現場で指揮するわけではない。作業を勘定方の役人が行い、奉行は高所から監督差配するだけだ。

「板倉佐渡守《いたくらさどのかみ》様に呼ばれ、太田様は古河城本丸に入られたと聞いております」

弥助が答えたとき、二人は土塀に沿って長く続く道中姿の武士たちの行列にぶつかった。

「先ほどより長くなっておりますよ」

磐音はいらいらと待つ行列が数丁に及んでいることに気付いた。放置すれば明日の御行列の出立にも差し支える。

「まず由蔵どのに会いたい」

　頷いた弥助が宗願寺の横門に磐音を案内した。そこでは勘定奉行支配の役人が見張りをしていたが、磐音は勘定奉行太田正房の内用人の鑑札《かんさつ》を示して、

「この者は供である」

　と弥助を境内に伴い入れた。

　勘定奉行出納方では本堂に御用部屋を設えていたが、こちらも山門から長い列が続き、一向に作業が捗《はかど》る様子はなかった。

「それがし、明朝の渡良瀬《わたらせ》川渡河の先遣隊の組頭にござる。先ほどから縷々《るる》説明いたしおるが、一刻（二時間）も、いや、半刻（一時間）も早く人足、船頭、舟、馬の手当てをせぬと大変なことになり申す。それがしの主《あるじ》が腹をかっさばいても済むことではないぞ」

　役人の顔も引き攣《つ》っていた。

　応対する新三郎らも険しい顔で、

「事情は重々承知でございます。今しばらくお時間を」

　と執り成していた。

　由蔵は本堂に並べた机の上の書き付けと格闘していた。

「老分どの」

磬音の声に由蔵が顔を上げ、ほっと安堵の表情を見せた。だが、それも一瞬で、回廊に立ってきた由蔵は暗い顔付きに戻っていた。

「およその事情は呑み込んでいるつもりですが、伊沖様がちと臍を曲げておられるというのは確かでございますか」

「まあ、無理からぬことにございましょう。お役人というもの、後々に責任が発生するようなご奉公はしておられませぬ。ために伊沖様は膨大な決裁事項に躊躇《ためら》いを起こされて、判断不能に陥ったというところでしょうかな」

「だが、武家方の長である伊沖様の認めがなければ、すべての決裁ができませぬな」

「仰《おつしや》るとおりにございます」

「どうしたもので」

「武家方の権限さえわれらに与えていただければ、この程度の金銭の出し入れ、われら町方でぴっちりと対応いたします。行列などすぐにも少なくなりましょう。なにせ今夜半から先遣隊は出立せねばなりません。あの方たちにも少しでも余裕があるように金銭の出納をいたしたいのですが、伊沖様があれでは先に進みませんん」

「老分どの、太田播磨守様は家治様のお近くにおられると聞いております。太田様の判断を仰ぐにはちと時間がかかります。荒療治をするしか手はございませぬかな」

「坂崎様、なんぞ智恵がございますので」

「それがしが伊沖参左衛門様にお目にかかります」

と答えた磐音は由蔵に、さも大事そうな封書はないかと訊いた。

「大事そうな封書ですか」

「中身は白紙でかまいません」

「ほう、おかしなことを申されますな」

と言いながらも、ちとお待ちをと御用部屋に引っ込んだ由蔵が、それらしき封書を持参してきた。

「それで結構」

磐音は襟元《えりもと》に封書を差し込んだ。

「ご案内しますか」

「いえ、一人のほうがよろしいでしょう」

「庫裏の一室にございますので、あの内玄関から入り、廊下を左奥へと進んでください。すぐに分かります」

「承知しました」

磐音は弥助に、

「そなたには後で頼みがある。しばし待ってくれぬか」

と頼み、内玄関に向かった。

その後を由蔵と弥助が不安な眼差《まなざ》しで見送った。

宿坊の一室の廊下に、決裁の書類を持った武家方の小者たちがずらりと列をなしていた。

それらに応対するのは出納方組頭の伊沖参左衛門の用人秋葉《あきば》市五郎《いちごろう》だ。

磐音は伊沖が奥の部屋に控えていると推量すると一旦列の前を通り過ぎ、廊下から障子を開いて座敷に入った。襖《ふすま》が閉められた向こうに人の気配がした。

「御免くだされ」

襖を開くと、なんと伊沖参左衛門は膳を前に酒を飲んでいた。その上、若い酌女と伊沖の腹心の者まで何人か侍《はべ》らしていた。

「内用人どのか」

伊沖がじろりと見た。

その背後に、磐音が初めて見る黒羽織の武士が控えていた。がっちりとした体付きに鋭い眼光は剣術の達人かと推測させた。

「そなたら、すまぬが席を外してくれぬか」

と磐音は女たちや取り巻きの者に命じた。

声音は優しげだったが態度に険しいものが漂っていた。

その気配に圧《お》されたか女たちが伊沖をちらりと見て、座敷から姿を消し、取り巻き連も宿坊から消えた。

「なんぞ御用か、内用人どの」

「伊沖様、発熱されたという話ですが、どうやら熱は下がったようですな」

「熱はいくらか下がったが、仕事に戻る気力がのうてのう」

「これはご冗談を」

「冗談でこのようなことが言えるものか。わが伊沖家は代々続く勘定方であるぞ。幕府の決裁がいかなるものか裏も表も承知しておる。それをなんだ、突然乗り込んできた町方の商人《あきんど》どもがわれらをないがしろにして、あれこれと御用を進めんといたす所業、許し難し」

「それで臍を曲げられましたか」

「暫時《ざんじ》休息しておるところだ」

「伊沖様、恐れながら上様をはじめ、随身する幕閣、大名諸侯、直参旗本、さらには助郷に至るまで何十万人もの方々が寝食を忘れ、日光社参の大行事に邁進《まいしん》なされているところにございます。その御行列を円滑に進めるべき出納方がこれでは、ご奉公にもなりますまい」

「言うたな。そのほう、太田正房様の家臣に非ず。今津屋の用心棒侍というではないか」

「いかにも、普段は江戸の両替商六百軒を束ねる両替屋行司今津屋吉右衛門どのの後見にございます。ですが、こたび、社参に随行したは、それがしの望みではございませぬ。幕閣からの要請にございます」

「大言壮語を吐くでない」

「伊沖参左衛門どの、よく聞かれよ。それがし、かような大事の最中に虚言を弄《ろう》する暇《いとま》などございませぬ。勘定奉行太田播磨守正房様より全権を委託され、御行列に加わりし者ゆえ、もしそなた様がこれ以上の罷業《ひぎょう》を続ける所存ならば、主、太田正房様に代わりて力ずくでも全権委託の権限を発しますぞ」

「なにっ、そのほうがお奉行の全権を委託されておるとな」

疑心に満ちた酔眼を磐音に向けた。

「懐に所持せし太田正房様の書状を披《ひら》いた刹那《せつな》に、そなた様の出納方罷免が決まり申す。後の沙汰は江戸に戻ってからのこと。伊沖参左衛門どの、心して聞かれよ！」

磐音の大喝が宗願寺じゅうに響き渡った。

伊沖の顔が蒼白になり、手から盃が落ちた。

「伊沖様、こやつのはったりにございます」

と伊沖の後ろに控えた黒羽織が叫んだ。

磐音は、黒羽織を睨み、

「そなた、何者にござる」

と訊いた。

「伊沖様の後見じゃ」

「どうやら腕に覚えのお方かな」

「麴町《こうじまち》にて浅山一伝流《あさやまいちでん》道場を開く峰嶋出雲《みねしまいずも》」

「勘定方役人に道場主の後見など要らぬ、下がりおろう！」

再び磐音の叱咤の声が飛んだ。

「おのれ！」

峰嶋出雲がかたわらの剣を引き付け、片膝を立てた。

磐音も両膝を突いたまま長船長義を左手に下げて進んだ。

いきなり間合いが切られた。

伊沖参左衛門は口も利けずに呆然としていた。

峰嶋出雲がぐいっと片膝を立てた姿勢から上体を伸ばし、剣の柄《つか》に手をかけると抜き打った。

磐音は長船長義を鞘走《さやばし》らせることなく鐺《こじり》を回して、峰嶋出雲の伸び上がった喉首を、
くいっ
と突き上げた。

ぐええっ！

電撃の突きに絶叫し、背中から吹っ飛んだ剣術家は襖を突き破り、隣座敷へと転がり込んで悶絶《もんぜつ》した。

磐音の視線が、身動きもとれず立ち竦《すく》んだままの伊沖に移った。

「伊沖参左衛門、そなたに申し付ける。今宵は俄かの発熱ゆえ休息を差し許す。

代わりに明朝より、必死の公務に汗をかかねばならぬ。四の五の言うならば、それがしにも覚悟がある。よいな」

磐音が睨むと伊沖はがくがくと頷いた。

すうっ

と磐音の手が差し出された。

「今宵の道中方の出納、すべて町方にて行い申す。認めをお出しいただこう」

磐音に睨まれた伊沖が、懐から紫の袋に包まれた認めを差し出した。

「お借り申す」

廊下に出た磐音はその場に待ち受ける勘定方の役人たちに、

「本堂に引き取りなされ。直ちに決裁いたす」

と告げた。

無言で頷く役人たちの顔に喜色が戻った。

半刻後、決裁は順調に進んで行列も半分以下になっていた。町方と武家方の役人が必死で対応したからだ。

磐音はそのかたわらで、城中にある太田正房に宛てて書状を認《したた》めた。

武家方、町方、相協力し出納業務、必死に努めおりますれば、二つの部署に激励のお言葉をおかけいただきたし、との内容だった。

「弥助どの、勘定奉行太田様に会えぬ場合は、随身方速水左近様に渡してもらえぬか。速水様が迅速に処理なされよう」

「ご返書はございますか」

「あるやもしれぬ」

「承りました」

弥助が宗願寺から姿を消し、磐音も家基の下へ急ぎ戻らんと立ち上がった。

「坂崎様、助かりました」

「これが、それがしの御用にございます」

「いかにもさようでございましたな」

由蔵が円滑に動き始めた業務をちらりと見て、磐音を横門まで見送る様子で従った。

「老分どの、眠れますか」

「なかなか寝付かれませぬ。まあ、日光に辿りつけば仕事も一段落いたしましょう。あと二日の辛抱です」

「老分どのが体調を崩されては出納方の業務は止まります。伊沖様どころではございません。無理は禁物ですぞ」

「承知しました」

と応じた由蔵が、

「大納言様のお加減、如何《いかが》にございますか」

辺りには人影もない。聞かれる気遣いはなかった。

「家基様は評判どおりの、いや、それ以上の才気煥発《かんぱつ》、英邁にして闊達な、素直な若君にあらせられます。出会う光景、事物に興味を示されて、よくお食べになり、お休みになります」

「なら坂崎様の御用も一安心ですな」

「それが」

「なんぞ気掛かりがございますので」

「田沼様の刺客が家基様の日光密行を悟って、一陣を送り込んで参りました」

「なんということを、田沼様はなされる」

由蔵が腹立たしげに言った。

「坂崎様、上様に申し上げて田沼意次様の老中罷免はかなわぬのですか」

「老分どのもご存じのとおり、将軍家の実権は次第に幕閣に移り、上様は飾りものになっておられるのが実態です。ゆえに上様といえども田沼様に直言《ちょくげん》はおできにならぬようです。田沼様も、詰問されても知らぬ存ぜぬで押し通されましょう」

「あちらもこちらも厄介《やっかい》なことばかりだ」

「それだけに家基様は、十一代将軍の座に就かれた暁には幕藩改革に手を付けようとの志を持っておられます」

「坂崎様、家基様のお志、頓挫《とんざ》させてはなりませぬな」

二人は横門前の暗がりで頷き合った。

大聖院に戻ろうとする磐音の前に立ち塞《ふさ》がった武家がいた。

佐々木玲圓その人だ。

「先生、お役目かたじけのうございます」

「なんの。お互い様じゃ、磐音」

磐音は他出した理由を玲圓に伝えた。

「なんと、あちらも小役人が姑息《こそく》な真似をしおるか」

「ちと差し出がましいとは思いましたが、一芝居打っておきました。もはや怠慢な真似はなさるまいと思います」

「こちらも昨晩の今日だ。まず二日続けて刺客を送り込むとは思えぬがのう。江戸からの援軍を待って動くとみたが、いかがか」

「となりますと、明晩の宇都宮城下が危のうございますか」

「まず敵もそこいらに力を集中してこよう」

「先生、なんとしても切り抜けねばなりませぬ」

「いかにもさよう」

師弟二人は闇の中でしばし話し合い、さっと別れた。

二

日光社参の道中も三日目に入り、未明から夕刻まで果てしなく続く行列のあちこちに、弛緩した気配が漂い、満足に寝食を取れない苛立《いらだ》ちと暑さに小さな騒ぎが頻発していた。

道中の安全を奉じる道中奉行をはじめ、近習《きんじゅ》、書院番、新番頭《しんばんがしら》、徒頭《かちがしら》、目付、使番《つかいばん》などはその対応に追われていた。とにかく大過なく無事に日光に安着することが行列の第一の目的だった。

騒ぎは現場で鎮められ、後にしこりがないように始末された。

行列全体が動きを止めるのは夜半のことで、その一刻後には再び先手組が進発していった。

だが、幕府の担当が把握しているのは行列全体の動きと家治周辺だけだ。随行の三百諸侯の動向など全く摑めなかった。

前日、豊後関前藩の一行が古河城下に到着したのは四つ（午後十時）過ぎのことだ。幕府の道中方から指定されていた寺を探し当てて向かうと、すでにそこには常陸土浦《ひたちつちうら》藩が入っていた。

道中方を担当する中居半蔵は土浦藩に掛け合い、宿坊を何室か空けていただきたいと交渉したが、宿坊一室に十数人が詰め込まれた状況を見せられ、諦めざるをえなかった。そこで中居たちは手分けして寺近くの百姓家をあたり、どうにか名主の納屋を藩主福坂実高と近習のために確保した。

だが、家臣団が泊まるべき宿舎はない。庭に筵《むしろ》を敷いて一夜を過ごすことにし、まず馬の世話に追われた。

坂崎正睦は中居半蔵と相談した。

「中居、明夕の宇都宮の宿営が確保されているとは予測し難い。たれぞ先発させて、宇都宮城下の宿営を確保する策をとったほうがよいのではないか」

「忙しさに紛れ、そのことに気が回りませんでした。疲労困憊《こんぱい》の家臣に夜旅を命ずるのはちと酷ですが、致し方ございませぬ」

二人の会話をその場の全員が聞いていたが、即座に市橋勇吉《いちはしゆうきち》が、

「ご家老、中居様、それがしでよければ志願いたします」

と草鞋《わらじ》の紐《ひも》を解《ほど》きかけた手を止めた。

「勇吉、先行してくれるか」

中居半蔵が市橋を見た。するとかたわらから別府伝之丈《べっぷでんのじょう》が、

「それがしも市橋どのに同道します」

と立ち上がった。

「よし、二人に頼もう」

中居は宇都宮城下で関前藩の宿営に当てられた神社の名を告げ、二人に十分な路銀を与えた。

「別府、市橋、心身ともにくたくたであろうが、実高様の御ため、また家中全員

のためじゃ。なんぞ不測の事態が生じたならば、そなたらの判断で新たに宿営を確保せねばならぬ。そのための金子を惜しむな」

と正睦が激励し、半蔵も声をかけた。

「よいか、宇都宮に到着し、宿営の神社、あるいは別の宿営を確保いたした折りには行列に戻る要なし。体を休めよ」

「はっ」

と畏まった二人が、足を止めたばかりの百姓家の敷地から姿を消した。

その刻限、陸奥黒石藩一行も渡良瀬川土手で途方にくれていた。宿舎に当てられた百姓家にはすでに先手組が入り、

「ここは先手組の本営にござればお間違いであろう」

とけんもほろろに敷地に入ることさえ、拒まれた。

道中方が必死で界隈の百姓家を当たったが、どこもすでに先行の諸藩が泊まり込み、黒石藩のために部屋を空ける親切をみせる家中などなかった。

このような齟齬《そご》はどうしても外様《とざま》小名に多く生じ、皺寄《しわよ》せがきた。

挟箱持ちで黒石藩の行列に雇われた本所南割下水の半欠け長屋の住人竹村武左

衛門は土手にぺたりと座り込み、

「今宵は野天でのお泊まりか。風流でござるな、ご同輩」

などと大きな声でぼやきたてていた。

「これ、竹村氏《うじ》、お手前も武士なれば土手に座り込むような無作法はなされるな。ただ今、道中方の諸氏が必死で宿営を探しておられるのだ、暫時お待ちあれ」

と同じ口入屋から黒石藩に雇われた備前浪人佐野敏三《さのとしぞう》が眉を顰《ひそ》めた。

佐野はすでに四十半ばを過ぎており、疲労が全身に漂っていた。だが、侍の矜持《きようじ》を忘れないよう必死に努めていた。

「佐野どの、お待ちあれとな。それがしの勘では間違いなく野宿だぞ。そなたのように無理をしては道中で倒れて、江戸まで戻りつけぬぞ。休めるときに休む、それが臨時に雇われた中間《ちゆうげん》、小者《こもの》の心得にござる」

武左衛門は平然としたものだ。

四半刻(三十分)が過ぎ、半刻(一時間)が過ぎたが、新たな宿営が見付かる様子はない。

武左衛門は挟箱に背を持たせかけて眠っていたが、
ぶーん

と飛んできた蚊《か》に目を覚まされた。

「なに、そなた、まだ立っておられるのか」

呆れた顔で武左衛門が佐野に話しかけた。さすがに中間小者たちは土手のあちこちにそれぞれ仲間同士で組を作り、座り込んでいた。

「宿営は駄目なようじゃな」

「それがしが申したとおりであろう。今宵は宿なし、夕餉なしにござる」

武左衛門が言い切り、さすがの佐野も武左衛門のかたわらに腰を、
どっこいしょ
と落とした。

「そうだ、このようなときのために気付け薬を用意してござる」

「気付け薬とな。おぬしはそういうことには手回しがよいのう」

と呆れ顔で佐野が武左衛門を見た。

驚いたことに武左衛門は、背にしていた挟箱の蓋《ふた》を開けて、なんと竹筒を取り出した。

「挟箱に私物を入れられたか」

「堅いことは申さぬものだ。たれも好き好んで日光に随身する者はおらぬ。お上

の御用ゆえ致し方なく借金をし、供揃《ともぞろ》えをなして、日光に向かうのだ。かような
とき、生き延びるためには他人に頼ってはならぬ。己の身は己が守る、これしか
方策はござらぬ」
と答えた武左衛門は竹筒の栓《せん》を抜き、口をつけて、
ごくりごくり
と飲み始めた。すると河原にぷーんと酒の香が漂った。
「おぬし、それは酒ではないか」
「いやいや、疲れ直しの気付け薬にござるぞ」
と口の端に垂れた酒を拳《こぶし》で拭った武左衛門が佐野に竹筒の酒を差し出した。し
ばし迷った体《てい》の佐野の手が伸びて、渇ききった喉に落とした。

この夜、古河城の家治の寝所にて宿直《とのい》をするのは、板倉佐渡守勝清《かつきよ》と加納遠江《かのうとおとうみ》
守久堅《のかみひさかた》の二人であった。だが、その宿直の座に着くやいなや、すでに先遣隊の出
立する気配が伝わってきた。
短い二日目の夜が明け、羽織袴の家治が古河城書院の間に着座したのは七つ半
(午前五時)の刻限だった。土井美濃守利見に時服五領を与え、その父の大炊頭

利里を呼んで、昨夜《ゆうべ》、酒を酌み交わす暇もなかったゆえにと、この朝、親子に御盃を下された。

すべて先例に倣っての決まりごとだ。

卯（午前六時）の刻限、松平右近将監武元に先導され、土井利見に見送られて三日目の道中が始まった。


この朝、大納言家基が泊まる宿営大聖院では、家基らは三刻（六時間）の就寝を取り、さらに朝粥《あさがゆ》を馳走になって、明け六つ（午前六時）の刻限に宇都宮に向けて新しい草鞋の紐を結んだ。

この日、日光社参の一行は、一番長い行程の十一里十六丁を歩かねばならなかった。それだけに野口三郎助と相談し、十分な休養と朝餉を食して出立することにしたのだ。

まず日光道中に沿って西を流れる思川《おもい》沿いの土手道を野木《のぎ》、間々田《ままだ》宿へと目指すことになる。

水辺には蜻蛉《かげろう》が飛び交い、白い雲がゆっくりと流れていく。

歩き始めて一刻も過ぎた頃合い、家基が磐音をかたわらに呼んだ。磐音は家基の一歩斜め後ろに従った。

「そなた、夕餉の後に出かけたようだな」

「それがし後見をいたす今津屋の様子を見て参りました」

「万事順調か」

「家基様、延べ何百万人が関わる大行事にございます。遺漏あるのが常態、それを速やかにその場で改め、事が円滑に進むようにいたすのが、ご担当の方々の腐心努力にございます」

「磐音は支障があって当然と申すか」

「いかにもさようにございます。一々小さき差し障りを論《あげつら》うようでは、大事はなりませぬ」

「どうやら出納方に滞りがあったようだな」

「ございましたが、旧に復しました。まず本日は業務が停滞することはございますまい」

うーむ
と安堵した家基が、

「そなたは奇妙な人物よのう」

と磐音を振り返った。

「はて、時に己が分からなくなります」

磐音の正直な気持ちに家基が朗らかな笑い声を上げた。

「そなた、西国の大名家に仕えておったと申したな」

「はい、この社参には旧主も父も随身いたしております」

「旧主も父もとな。今でも会うことがあるか」

「旧主なれば、時に鰻の蒲焼を持参して下屋敷にご挨拶に伺います」

家基が首を捻り、

「袂《たもと》を分かった主従、親子が会うとは不思議な関わりよのう」

と呟いた。

主従が縁を切るときは、生死の別れと同じく異常事態が発生したときだ。それが封建時代の習わしといえた。

「坂崎磐音、改めて訊く。そなた、なぜ藩を離れたな。正直に答えよ。今日はごまかしは許さぬ」

磐音は一歩ほど先を進む家基の振り向いた顔を見た。

「磐音、予と足並みを揃えよ」

「はっ」

磐音は家基と肩を並べた。

十五歳の家基は磐音より四寸ほど低く、体付きもまだ少年のそれを残していた。

初夏の太陽が高く昇り、一行の四周には田畑が長閑に広がり、並行する姿《すがた》川の水辺に野鳥が憩う光景も見られた。

「なぜそのような問いを発せられましたか」

「失態ありて藩を解雇されたのでも、またなんぞ騒ぎがあって脱藩したとも思えぬ。なぜならば旧主と面会し、父とも話すという。そのような主従の関係があるのかないのか、家基、関心を持ったまでだ」

磐音はしばし考えた。

従二位大納言徳川家基は十一代将軍を約束された人物だ。

近い将来、天下国家の政《まつりごと》を司る第一人者の地位に昇り詰めるのだ。若い中《うち》に色々な見聞や体験をと、父の家治が日光社参に密行させて同道する意味もそこにあった。

「家基様、ご下問ゆえお答え申し上げます。どうかそれがしの旧藩の名をお尋ねにならないでくださいませ」

「案ずるな。予はそなたが与《くみ》した藩に関心を寄せるものではないぞ」

「ならば……」

と磐音は旅の徒然《つれづれ》に、江戸勤番を終え、青雲の志を抱いて友二人と帰国した夜から次の日にかけて城下で起こった悲劇を語った。

家基は全く想像もしなかった話に息を呑んで聞き入っていた。

「それがしが友の一人を討ち果たしたのは上意にございました。藩改革の夢を抱いて帰国した翌日にはわれら三人の夢は脆くも潰《つい》え、二人の友とその妻一人が亡くなりました。家基様、夫に殺された妻はそれがしの許婚《いいなずけ》の姉にございました。またその二人は、それがしが討ち果たした友の妹たちでもございました。一夜にして三つの家が崩壊の危機に立たされたのでございます」

「磐音、分からぬ。親しき友がなぜ戦う羽目に陥った」

「その真相が知れたのは、それがしが城下を離れ、江戸に出た後のことにございました。われら三人の帰国を、藩の財政立て直しを歓迎せぬ家老とその一派が策を弄し、われら三人の間に罅《ひび》を入らせんと、戦わざるをえない罠《わな》を仕掛けて待っていたのです」

「磐音らはその姦計《かんけい》に嵌ったと申すか」

「はい。いずこにも、清流よりは泥水を好まれるお方がおられます、そのほうが私腹を肥やすことができますれば」

「いかにも」

と答えた家基の脳裏には、幕閣を独断する田沼意次、意知《おきとも》親子があった。

「未だそなたの旧藩を家老が支配しておるか」

「いえ、藩主の指示を得た家臣有志方が立ち上がり、藩に巣食う獅子《しし》身中の虫を退治いたしましてございます」

「藩を出た倅も戦に加わったようだな」

磐音は答えなかった。

「そうでなければ、そなたが旧主に対面できるはずもないわ」

家基は磐音が告げた豊後関前藩の騒動を、ただ今の幕閣の陥る状況に重ね合わせて聞いた。そして、しばらく沈思しながら歩を進めた。

磐音は多感な家基に好きなだけ考えさせた。

どれほどの時が過ぎたか。

「家基様、隼をお飛ばしあそばしますか」

家基の気分を変えようとしてか、先導する御鷹匠組頭の野口三郎助老人が家基を振り返った。

「おう、よいのう」

思川の流れが初夏の陽射しを映してきらきらと煌《きらめ》いていた。

五人は河原に下り立った。

野口老人と家基が隼を携えて、磐音たちから半丁ばかり離れた流れの縁に立った。

磐音らは隼が果てなく大空に舞い上がる姿を見ていた。大きく旋回する隼は悠揚たる飛翔ぶりで若鷹とも思えなかった。

しばし五人は隼の飛翔に目を奪われていた。

「坂崎様、一昨夜の如き刺客、立ち現れましょうか」

三枝隆之輔が小さな声で訊いた。

「現れるとしたら今宵かと考えておる」

二人の若い従者の顔色が引き締まった。

「われらがなすことをお教えください」

今度は五木忠次郎が訊いた。

「どのようなことが起ころうと家基様の御側《おそば》を離れぬことです。なんとしても家基様を守り抜かねばならぬ」

「はい」

「畏まりました」

と二人が短い返答に覚悟をこめて答えた。

隼が対岸の河原になにか見付けたか、降下していった。

対岸の河原には増水の折りに上流から流れついてその岸に根を生やした柳が風に吹かれており、背後には芒《すすき》が青々と茂っていた。

隼が姿を消したのは芒の生い茂った叢《くさむら》だった。

短く声を上げた隼は再び姿を見せたが、嘴《くちばし》にはなにも獲物を咥えてはいなかった。

磐音は隼の動きに異変を感じていた。

水辺で家基が悔しそうな声を上げた。

磐音は家基の側へと歩み寄った。

二人の従者も従った。

どこか遠くでざわめきが起こり、それが風に伝わってきた。

日光社参の家治の御駕を迎える歓声であろうか。

磐音は、今日の昼は小金井宿《こがねい》の慈眼寺であったなと、ご一行の予定を思い出していた。

「磐音、隼は、日に日に逞《たくま》しい飛び方をすると思わぬか」

「家基様、若竹が育つときは日に何尺も伸びると申しますが、隼の飛翔もまたそのような趣かと」

うーむ
と家基が満足そうに頷き、隼を野口老人の腕に戻した。

「己が翼を広げて飛んだわけでもないのに汗をかいたぞ」

流れの縁に腰を屈めた家基が両手に清水を掬《すく》い、顔の汗を流した。

きききいっ
野口三郎助の腕に戻り、革紐を片手に保持しようとした三郎助の腕で隼が暴れ、強引にも再び空に飛び上がった。

「どうした、隼！」

御鷹匠が声をかけ、鷹匠の支配下に戻そうとした。だが、隼は流れに向かって低く飛んでいき、流れに乗ってくねくねと泳ぎ寄る蝮《まむし》に襲いかかった。

なんと隼は危険を除こうと、鷹匠の制止を振り切って飛び上がったのだ。

「ようやったぞ、隼!」

思わず五木忠次郎が隼の行動を褒めた。

隼は蝮の首を挟み込むと虚空に舞い上がった。

家基らの視線が隼に向かった。

「家基様、お下がりあれ!」

と磐音が叫んだのはその瞬間だ。

家基が磐音の声に思わず流れの縁に立ち上がった。

磐音は、

「御免」

と家基の腰を抱えて横手に振り、流れの縁から遠ざけた。

両手を離した磐音は振り返りながら備前長船長義の柄に手をかけ、一気に水面へと飛んだ。

その瞬間、思川の水中から飛び現れた裸身の剣者がいた。

六尺褌《ふんどし》だけを締め込んだ裸身の手に抜き身が握られ、それが今まで家基がいた流れの縁へと飛翔してきた。

雑賀衆の下忍半月才蔵《はんげつさいぞう》だ。

だが、その前面の頭上に、二尺六寸七分の長船長義を構えて眉間に振り下ろす磐音がいた。

「おのれ、雑賀衆蝙蝠《こうもり》組の刺客か！」

水中から突き上げる剣と虚空から片手斬《ぎ》りに振り下ろされる長船長義が、光を映しながら交差した。だが、虚空から落ちる刃が一瞬早く、水中からの刺客半月才蔵の眉間を割って、再び水面へと叩き落としていた。

げえぇっ

刺客が水中に沈み、磐音もまた流れに沈んだ。

すぐさま水面に顔と上体を上げたのは磐音だ。

腰までの流れに長船長義を構えた磐音が四方を見回した。

刺客は一人か。

その半月才蔵が襲撃の場からおよそ七、八間下流で浮かび上がり、ゆっくりと流れていった。

時が重く静かに流れた。

「磐音、大事なかったか」

河原に立ち上がった家基が磐音の身を案じた。

「刺客襲来に気付かず家基様の心胆を寒からしめました。申し訳ないことにございます」

濡れそぼった磐音が水中から上がり、

「こたびの功労は隼にございます」

「いかにも」

家基の視線が、蝮を流れの中央に捨て、再び野口老人の腕に戻ってきた御鷹の隼に向いた。

三

小山《おやま》、新田、小金井を迂回しつつ石橋の西に差しかかった家基一行を路傍で待ち受けていたのは弥助だ。

昨夜、勘定奉行出納方が仮の御用所を設けた古河城下宗願寺から、古河城中にある勘定奉行太田播磨守正房に宛てた書状を託して以来だった。

「ご苦労であったな」

磐音が声をかけると家基が、

「この者、なんぞ磐音の用で動いておったか」

「勘定奉行太田様にそれがしの書状一通を頼みましてございます」

「ほうっ、播磨にな。なんぞ播磨から返答があったか」

家基の直接の下問に弥助が磐音の顔をちらりと窺った。

「弥助どの、大納言様の問いである、お答えせよ」

「はっ」

と畏まった弥助が、

「太田様は、坂崎様の書状をお読みになり、私に質《ただ》されました。勘定方でなにか起こっているかとの問いにございました」

「答えたか」

家基が問い質し、弥助が、

「重ねての問いゆえに」

「播磨はなんと答えた」

「坂崎様のご処置を知られて、内用人に気を遣わせてしもうたなと申され、武家方伊沖参左衛門様と町方の由蔵様にそれぞれ書状を記され、それを私がお二人に届けましてございます」

「そうか。こたびの日光社参の出納方は、町方の助けを借りておるのであったな」

と答えた家基が、

「播磨の書状を読んだ二人はなんぞ申したか」

「武家方の伊沖様は書状に接し、しばし身を硬くして言葉もなく恥じ入った様子にございました。由蔵様は、太田様がこれほどまでに町方にお心をかけておられるかと感涙に咽《むせ》んでおられました」

家基が小さく首肯し、磐音が、

「今日の勘定方の仕事ぶりはどうか」

「昨日とは打って変わり、武家方、町方力を合わせて迅速なる仕事ぶりとお見受けしました」

「雨降って地固まるの喩《たと》え、まずはよかった」

磐音が呟いた。

「坂崎様、城中にて速水左近様にお目にかかりましてございます」

この言葉に家基が、

「上様のご様子はどうか」

「上様の身辺に異常は見られませぬ」

「左近はなんぞ申したか」

「今宵、宇都宮の宿営をお訪ねし、家基様のご機嫌を伺いたいとの言伝《ことづて》にございました」

「磐音、そなたの剣友が顔を見せに来るそうじゃぞ」

「ならば宇都宮へと急ぎますか」

六人になった一行の足が早まった。


日光社参三日目、家治の泊まる宇都宮は奥州道中と日光道中の分岐にあたり、亀《かめ》ケ岡《おか》城とも呼ばれていた。城は崇《す》神《じん》天皇の御世に東国の蝦夷《えみし》を平定した豊城入《とよきいり》彦命《ひこのみこと》を祀る二荒山《ふたらやま》神社を北に、東に田川を望む段丘の上に築かれていた。

城は宇都宮氏の三代朝綱により築城されたものが土台になっていた。

慶長《けいちょう》二年（一五九七）、国綱の代に突然改易になって、二十二代五百年余の宇都宮氏支配は終わった。

その後、蒲生《がもう》、奥平、本多、松平、阿部などと代が移って、安永三年（一七七四）に戸田氏が入封し、明治の廃藩置県まで治めることになる。

家治を迎える城主は二年前、安永三年に肥前島原から戸田因幡守忠寛《いなばのかみただとお》が移り住んだばかりだ。

こたびの家治の滞在が戸田家の、宇都宮での最初の大仕事になった。

丘陵地に、同心円状に本丸、二の丸、三の丸、そして外曲輪《そとぐるわ》と四重の設計になって本丸を守っており、本丸の周りには五基の御櫓《おやぐら》があった。

宇都宮の地名の由来は二荒山神社が下野《しもつけ》の一宮であったことから、「いちのみや」が転訛《てんか》したものといわれていた。

城の北には八幡神社、蒲生神社、二荒山神社と一直線に重なるように配置し、さらに北から少し東に転じれば田川の流れを挟んで、清巌寺と興禅寺があった。

清巌寺は古刹《こさつ》で、鎌倉初期に宇都宮氏によって創建された寺だ。

一方、興禅寺は鎌倉末期の正和《しょうわ》三年（一三一四）、同じく宇都宮氏八代貞綱により創建され、慶長八年（一六〇三）、奥平家昌により再建されていた。

この昼下がり、家基一行五人が興禅寺に入り、しばしの休息の後、田川の岸辺に家基、野口三郎助老人、磐音の三人の姿が見られた。

御鷹の隼を遊ばせるためだ。

家基は道中の間に隼を飛ばすことに習熟し、隼もまた家基の気持ちを呑み込んだように雄大に飛翔し、機敏に降下するや獲物を狙ってみせた。

　この夕暮れ前、半刻にわたり隼に運動させた主従は、最後に隼を野口老人の腕に戻し、老人を先に宿営の興禅寺に戻した。

河原に残った家基は岩に腰を下ろし、流れに素足をつけて宇都宮城を望遠していた。

　城下の方角から声が消えていた。

　静粛な刻限が守られているということは、家治の御駕が城門前に到着したということではないか。

　道中から再び姿を消した弥助がその模様を確かめに行っていた。

　家基はあれこれと町屋の暮らしなどを知りたがって、磐音に訊いた。

　磐音もまた徳川家十一代の征夷大将軍の地位に就く若者に懇切に答えた。

　ふいに家基が話題を変えた。

「磐音、そなたは許婚と別れる仕儀に陥ったと申したな」

「はい」

「いかに暮らしておるか承知か」

「承知にございます」

「それはなぜか」

磐音はしばし沈思し、返答を思い悩んだ。

「別れたと言うたが、しばしば会《お》うておるのではないか」

「家基様、奈緒どのの家は騒ぎの直後に廃絶となり、一家は城下外れに借家を借り受けてひっそりと暮らしておりました。その騒ぎの心労も祟《たた》ったのでございましょう、当主が病に倒れたのでございます。そこで奈緒どのが病治療の費用を捻《ねん》出《しゅつ》せんと、自ら望んで身売りしたのでございます」

「なにっ、遊女に身を落としたというか」

「はい」

磐音は、国許《くにもと》を出てのち、肥前長崎、豊前《ぶぜん》小倉、長門《ながと》赤間関《あかまがせき》、京島原と転売され、流転の憂き目の後に江戸の吉原に入った奈緒の身の上を、若い家基に語り聞かせた。

家基は圧倒されたように磐音の話を聞いていた。

「磐音、なぜ奈緒の後を追った」

「最初はなんとしても救い出したいと思いましてございます。ですが、遊里から遊里へ売られるたびに奈緒どのの身請けの金子は高くなり、もはや一浪人では如何《いかん》ともし難い額になりましてございます」

「磐音、諦めたか」

「はい」

「よいのか、それで」

家基の表情は真剣で、今にも泣きそうな顔になっていた。

十五歳は多情多感な年齢だ。それに家基は格別繊細な心遣いの持ち主だった。

「致し方ございませぬ」

「致し方ないで済むものか」

「家基様、ただ今、奈緒どのはただ一つの官許の遊里吉原で、太夫と呼ばれる地位に昇りつめております」

「会いとうはないか」

「会いとうございます。ですが、会えばそれがしは狂います」

「坂崎磐音も狂うか」

「もはや奈緒どのは別世界の女子にございます。それがしは奈緒どのの暮らしを遊里の外から静かに見守りながら、市井に生きていく覚悟を固めました」

「一人の女子のために、そなたのように有為な人材が市井に隠れ住んでよいものか」

「家基様、人の生き方は様々にございます」

「違うぞ、磐音！」

肺腑《はいふ》を抉《えぐ》るような若者の叫びだった。

「好きな女性《によしょう》のために身を犠牲にする。美しき話よ。だが、坂崎磐音、独りよがりの考えじゃ」

「独りよがりにございますか」

「一人の女子のために、父母が、天がそなたに与えし天分を使わずに朽ち果てると申すか」

「家基様、世のため人のために生きる道はございましょう。坂崎磐音はそのような道を選びました」

「それが今津屋の後見をなし、裏長屋に逼塞《ひっそく》することか」

家基は言い放つと口を噤《つぐ》んだ。だが、すぐに口を開いた。

「哀《かな》しいのう、磐音」

「なにゆえ哀しいことがございましょう」

「心からそう思うか」

磐音は若い家基に問い詰められた。

「おかしいぞ、磐音。好きな女子と共に暮らすのが自然ではないか。そうは思わぬか」

磐音は悟った。

家基もまた悩んでいたのだ。将軍の地位を約束された若者に、

「好き嫌い」

といった感情は許されなかった。

政略のための許婚が決められ、世継ぎのための側室が用意される世界に、家基は生きていかねばならないのだ。

磐音は息を整えた。

「家基様、それがし、奈緒どののために陰ながら見守ると申し上げました。その決心に変わりはございませぬ。ですが、奈緒どのが吉原という遊女三千人の里で頂点に近付けば近付くほど、それがしとの距離は天と地ほどのものになっていきます。哀しくはございませぬ。ですが、坂崎磐音も生身の人間、未熟者にございます。時に寂しいと思うときもございます」

「それが人の情理ではないか」

「坂崎磐音は禅宗の僧侶のように独り身で生涯を貫くべきかどうか、時に心を迷わせております」

「それでこそ人間ぞ。好きな女性ができたな」

磐音がかすかに首肯し、家基がにっこりと微笑んだ。

「そなたは予より年上じゃ。世の理《ことわり》もよう承知しておろう。だがな、磐音、あまりにも窮屈に考えすぎると目先しか見えなくなるぞ。そなたの持ち味は広大無辺、融通無碍《ゆうずうむげ》なる心である。そうは思わぬか」

十五歳の若者の言葉に、磐音ははっとさせられた。

「そなたの剣のように大らかであれ、この水の流れのように自在たれ。岩に当たりて流れの行方を変え、二つに分かれ、またいつの日か下流で一緒になればよい。答えが一つという理屈がおかしいのだ」

家基は言い切った。

「家基様、いかにも仰せのとおりにございます。それがし、ちとのぼせ上がっておりました。いかさま、独りよがりにすぎたようです」

「それよ」

「それがし、日光社参に家基様に同道させていただきましたこと、なににも増して感謝しております。有難き天の配剤にございました」

「予ものう、そなたと会えてよかったぞ。予の周りには、心の赴くままに胸の中《うち》を吐露し、話す者などおらぬゆえな」

「お耳障りでございました」

「そなたは真《まこと》に不思議な人物よ」

磐音も家基もしみじみと洩らした。

いつの間にか夕暮れが訪れていた。

川縁《かわべり》に螢《ほたる》が飛び、なんとも平穏な時が流れていた。

「磐音、いずれ、予は閉ざされた城中で暮らすことになる。こたび、父上が決断なされた日光社参の同道がどれほどその折りの家基の基《もとい》となるか、ただの思い出となるか」

「いかにもさようにございます。上様にいかように感謝申し上げても足りませぬ」

家基の視線は螢の淡い光を見つつ、こっくりと頷いた。

河原に人影があった。

「速水様がお越しにございます」

弥助の声がして、二人だけの時間は終わった。

興禅寺に姿を見せたのは、家治の随身方を務める速水左近だけではなかった。御典医にして蘭学《らんがく》の若き台頭桂川甫周国瑞を伴っていた。

「家基様には、ご壮健のご様子、なによりにございます。なんとも逞しゅうおなりあそばされました。左近、これに勝る喜びはございません」

と速水左近が頭《こうべ》を垂れた。

「左近、そなたの弟弟子はなかなかの人物よのう」

「心を開いて河原で話し合われているご様子、土手より眺めさせていただきました」

と答えた速水左近が、

「のう、甫周どの、そなたに同道願ったは無駄であったかな」

と桂川国瑞に話しかけた。

「大納言様には一段と逞しゅうなられました。お脈を診る要もございませぬ。旅を楽しんでおられるご様子がお顔からも窺われます」

「甫周、家基は医者要らずか」

「はい、町屋では医者泣かせとも申します」

笑いが起こった。

家基をはじめ、気心の知れた者同士だ。一同、禅宗の寺の膳を囲んで夕餉を共にした。

速水と国瑞を乗せた二挺の駕籠を屈強な御番衆が囲んで興禅寺の山門を出、宇都宮城へと向かったのは、五つ半（午後九時）過ぎの刻限だった。

心を許した忠義の臣と御典医との談笑に昂《たかぶ》ったか、この夜、宿坊にはいつまでも灯りが点《つ》いていた。

四つ半（午後十一時）過ぎ、家基が就寝する宿坊に忍び寄る黒装束の一団がいた。

江戸に残るはずであった大納言家基を暗殺すべく手薬煉《てぐすね》引いて待っていた雑賀衆の総頭雑賀泰造日根八が、日光社参に密行する家基主従を追って、雑賀衆支配下の蝙蝠組に合流したと速水左近は知らせてきたのだ。

そのついでに桂川国瑞を誘い、家基のご機嫌を伺おうとしたが、生気に満ちた顔色が家基の体調を如実に物語っていた。

ともあれ安堵した二人の家治の随身が興禅寺から消えて一刻（二時間）が過ぎ、灯りに飛び集う虫のように下忍の一団が宿坊の外に配置についた。

障子の向こうではいつ果てるとも知れず宴《うたげ》が続いているように見受けられた。人影から伸びる手はどうやら献酬《けんしゅう》の様子を示していた。

庭に膝を突いた一団から一人の男が立ち上がった。

雑賀衆を率いる総頭雑賀泰造日根八だ。そのかたわらには腹心の七尺組頭の辰見喰助が控えていた。

総頭の片手が躍った。

四十数人の黒装束の手に、短弓手裏剣など様々な飛び道具があった。

七尺組頭に率いられた雑賀衆は鉄砲を含め、飛び道具を得意としていた。だが、銃声のする鉄砲は宇都宮城下に詰める何十万人の直参旗本、大名諸侯を驚かすことになる。そこで雑賀衆は短弓などを構成して家基暗殺団を組織したのだ。

じりじり

と燃える灯心が風に揺らいだか、一人の男が行灯《あんどん》の芯《しん》を切るために立ち上がった。

残る二人は対面していた。

家基は床の間を背負った影だ。

攻撃陣の狙いが七分どおりそちらに集中した。

無音の合図。

短弓の弦が鳴り、虚空に矢が、手裏剣が飛んだ。

部屋の中でも素早い動きがあった。

行灯に近付いたと思われた影が脇差を抜くと畳に突き刺し、

くるり

と手首を返すと畳が横に立った。さらに二枚目、三枚目の畳が立てられ、その直後に矢と手裏剣が障子を突き破って部屋に襲来した。

だが、部屋に談笑する三つの影は畳の背後に身を潜めていた。

その間にも障子の桟《さん》が次々に破壊され、紙がぶすぶすと破られて、ついには四枚の障子がばらばらになって無残な状態を晒《さら》した。

あっ！

と驚きの声が庭から響いた。

家基がいるはずの座敷には畳が立てられ、その畳に矢と手裏剣が無数突き立っていたのだ。

「おのれ！」

と呟いた総頭の雑賀泰造は畳の陰から立ち上がった主を見た。だが、それは大納言家基ではなく、家治の随身方速水左近だった。

「そのほう ら、何者か」

「おのれは」

「家治様御側衆速水左近である」

二人目の影が立った。

「御典医桂川甫周」

三人目が脇差を手に畳の陰から立ち上がった。

「元幕臣の末裔にして神保小路にて直心影流道場を開く佐々木玲圓道永である。上様社参の大事に胡乱《うろん》な集団を率いるとは何者ぞ！」

玲圓の大喝が最後に響き渡り、雑賀衆総頭の雑賀泰造が、

「騙《かた》られたわ、引き上げじゃあ！」

と退却の命を発すると、雑賀衆は闇に溶け込んだ。

その刻限、家基ら五人は日光道中の西を並行して走る日光例幣使道《れいへいし》を日光へと急いでいた。

四

元和三年（一六一七）、徳川家康の死の翌年、天台宗の僧侶天海《てんかい》の発案を受けた二代秀忠は朝廷に神号、「東照大権現」を要請し、下賜《かし》された。そこで久能山に葬られていた家康の遺骸《いがい》は永久の埋葬地日光へと移された。さらに正保《しょうほう》二年（一六四五）には東照社を東照宮と改める宣下を受け、翌年に初めて奉幣使《ほうへいし》を迎えた。

この時以来、日光は家康の忌日に行われる東照宮の春の祭礼に合わせて、「日光例幣使」を迎えることになったのだ。

例幣使とは、神に祈りを捧げる金の幣《ぬさ》を奉納する勅使であった。

一行は例年京の都を四月一日に発ち、中山道の倉賀野《くらがの》宿より東に分かれる例幣使道に入った。玉村、五料《ごりょう》と進み、利根川を渡り、上野の太田宿を経て日光へと、幕府と朝廷を結ぶ道が通じていた。

幕府の意向を受けての朝廷の例幣使は、江戸と京の権威を笠に、道中無理難題を吹っかけることでも知られていた。

夜明け前、家基ら主従五人は日光例幣使道鹿沼宿と文挟《ふばさみ》宿の間を流れる黒川の橋上にいた。

宇都宮の興禅寺から速水左近と桂川国瑞の駕籠に乗り、供に紛れて抜け出た一行は、一旦宇都宮城に向かう道を辿り、城下でその一行から五人が抜け出て、例幣使道へと夜道を駆けたのだ。

「家基様、お疲れではございませぬか」

隼を腕に保持した御鷹匠組頭の野口三郎助老人が若い大納言の身を気遣った。

「三郎助、日に日に予の体は壮健になるようだぞ。三郎助なんぞに負けるものか」

「家基様、それがしは若き頃から放鷹にて山野を跋渉《ばっしょう》しておりますれば体は至極頑健、まだまだ夜旅くらいで家基様の後塵《こうじん》を拝するわけにはいきませぬ」

二人が掛け合うのも、夜道を平然と歩き通したという自信があったからだ。また家基の顔には刺客団をまんまと出し抜いたという興奮の余韻が漂っていた。

「三郎助、流れで顔を洗って参ろうか」

「そういたしますか」

岸辺に下りた五人は清い流れに手を差し入れ、

「おおっ、よい気持ちじゃ。磐音、そなたも顔を清めぬか」

と後ろに控えて辺りを警戒する磐音に言った。

「家基様がご洗顔になられたあとに夜露を流れに落とします」

五人の主従の前で、
すうっ
と白んでいた未明の空に朝の光が戻ってきた。

「今日も天気ですぞ」

「今宵はいよいよ日光じゃな」

「もはや、六里とはございますまい。家基様、神君家康様にお会いなられますぞ」

「うーむ」

野口老人の言葉に家基が頷き、

「夜道を歩き通したゆえ腹が減ったな」

と言い出した。

夕餉の後に眠りもせずに夜道を七里ほどは歩いていた。若い家基でなくとも腹が空くのは当然のことだった。

「街道上の一膳飯屋が店を開けるにはまだ時が要ります。近くの百姓家に朝餉を請うてみます」

五木忠次郎が三枝隆之輔と頷き合い、流れの縁から街道へと走り戻った。

家基に従っての密行に緊張していた二人の従者も旅を重ねるにつれ、様子を呑み込んで、自らの意思で行動するようになっていた。

野口老人が五木の後ろ姿を見送り、

「隼にひとつ飛びさせまする」

と手首に絡めていた革紐を解いた。

こちらも気配を素早く呑み込み、御鷹匠の腕から羽音を立てると力強く飛び立っていった。

「三郎助、隼の飛び方が変わったと思わぬか」

「家基様もそうご覧になりますか。脚の蹴りといい、羽の使い方といい、江戸を出たときよりも格段に違います。隼はどこか幼さを残しておりましたが、今や真の若鷹に育ちました。やはり実戦を踏むと踏まぬでは大違いにございます」

時の経《た》つのを忘れて、三郎助と家基は朝空に大きな弧を描く隼を無心に見詰めている。

磐音も隼の動きを目で追いながら、

（なんと優美で無駄のない動きか）

と鷹が親から授けられた天分を脱して、自ら会得した飛翔の美しさに眺め入っていた。

（己の剣は未だ隼に敵《かな》わずか）

磐音がそのことを考えたとき、隼の動きが変わった。

風の具合を読み切った隼が降下に転じた。

静から動へなんとも鮮やかな変化だった。どこにも気負いなく、大気の流れに身を委ねて効率のよい降下を見せていた。ぐんぐんと加速し、隼が空に溶け込んだようだった。

「隼め、なんぞ見つけたようですぞ」

猛禽《もうきん》と変じた隼は垂直の下降から斜めに滑るような滑空へと移り、叢の一角に嘴を突っ込んだ。その直後、再び姿を見せた。

「隼め、野兎《のうさぎ》を捕まえましたぞ」

隼は両の爪にしっかりと一羽の兎を捕獲して、それを家基らに誇示するように

両の翼を羽ばたかせて羽音を立て、
ふわっ
と野口老人の足元に獲物を投げ落とすと腕に止まった。

「ようやったな、隼」

老練な御鷹匠に誉《ほ》められた隼は得意げに甲高《かんだか》い鳴き声を上げた。

三枝隆之輔が河原に投げ出された兎の後肢を摑むと、

「家基様、いかがいたしましょうか」

と訊いた。

「隼が捕まえた獲物じゃが、明日は日光社参の日、生き物を食するはちと憚《はばか》られよう。どうしたものかのう」

と磐音を見た。

「折角の獲物です。これから朝餉を馳走になる百姓家に手土産といたしませぬか」

「それはよき考えかな」

その時、土手道に五木忠次郎が姿を見せて、

「家基様、朝餉を供してくれる百姓家が見付かりました！」

と大きく手を振った。

五木が頼み込んだ百姓家は長屋門を持つ、文挟宿の名主だった。五木は台所で朝餉の仕度をする女衆《おんなし》に頼み込んだようだった。

五人の主従が迎え入れられたのは台所の板の間で、囲炉裏《いろり》も切られていた。夏のこと、囲炉裏には火は入っていなかった。

「お侍様、かようなところでようございますか」

主従一行の身なりや言動を知った女衆が驚いた様子だった。

「台所か」

と五木も恐縮した。

「忠次郎、構わぬ。われらが無理を申したのだ」

家基が三枝に目で合図した。

「女衆、御鷹が捕らえた野兎じゃが、こちらで食してくれぬか。われら、社参を控えた道中でな、生き物は絶っておる」

と差し出した。

女衆が御鷹や御鷹匠まで引き連れた一行に言葉もなく黙り込んでいると、奥から姿を見せた主が、

「このようにむさい場所にお通しするとは何事ですか」

と女衆を叱りつけた。

「お武家様方、ただ今奥座敷に席を仕度させます。暫時お待ちを」

おそらく家基が身分の高い人物と名主は推量したのであろう。

「そのほう、この界隈を差配する名主か」

「はい。文挟村の名主実右衛門《じつえもん》にございます」

「実右衛門、構わぬ」

家基はさっさと囲炉裏端に腰を下ろした。

野口老人が実右衛門に、

「われら、お忍びの旅にございます。名主どの、朝から無理を申しましたが、わが主の申されるとおり、暫時この台所を借り受けたい。邪魔かのう」

と頼んだ。

「邪魔ではございませぬが、ご身分に障りませぬか」

と小声で野口老人に訊いた。

「わが主どのは磊落なお方である。それに普段目にできぬ事物や暮らしに興味をお持ちになられてな、何事も経験にござれば、普段のままにお願い申す」

「いかにもさようではございましょうが」

と実右衛門が囲炉裏端に視線をやると家基が、

「もはや例幣使は通ったか」

と訊いた。

例幣使、と平然と呼び捨てにする家基を、

（考える以上に身分高き若様かもしれぬぞ）

と緊張しながらも実右衛門は答えていた。

「一刻半（三時間）もいたしますと文挟宿を通過なされます」

「うーむ」

と答えた家基は野口老人に、

「例幣使を先に行かすか」

と訊いた。

「そのほうが面倒なかろうかと存じます」

主従の問答を耳にしながら実右衛門が、

「おつみ、糠《ぬか》漬けの美味しいところをたっぷりとお出しなされ。味噌汁の具はなんですかな。なにっ、豆腐に青葱ですと、結構結構」

と自ら朝餉の仕度を陣頭指揮し始めた。

家基らに供されたのは岩魚の甘露煮《かんろに》、産み立ての鶏卵に大根と茄子《なす》の古漬け、味噌汁と炊き立てのご飯であった。

「これは美味しそうじゃぞ」

と嘆声を上げた家基が黄身の盛り上がった生卵を不思議そうに見て、磐音に訊いた。

「磐音、そのほう鶏卵をいかに食するか承知か」

「むろん存じております。それがしの国許や江戸の町屋では、病の折りなど精がつくと申しましてこのまま飲みまする」

「このままか」

「武家方では見かけませぬが、熱々のご飯にこのように卵をかけ回し、ちと醬油《しょうゆ》を垂らして食しますと、何杯でも食べられます」

磐音が手本を示して、

「御免くだされ」

と鶏卵をかけた炊き立てのご飯を口に入れた。

「変わった食べようじゃのう」

と呟いた家基は二人の従者が止めようとする前に磬音を真似て、箸で少しばかり黄身の混じった飯を食した。

家基が顔を上げ、にっこりと微笑んだ。

「美味なるかな。予はこのような美味なる飯を食したことがないわ。許す、忠次郎、隆之輔、やってみよ」

「お叱りを受けませぬかな」

忠次郎が江戸に戻ったときのことを気にした。

「旅の恥は掻き捨てと申しましてな、江戸に戻れば旅の種々《くさぐさ》は忘れるのが作法にございます」

と答えた磬音が生卵をかけた飯を掻き込み、

「それが作法か」

と家基が続き、二人の従者が従って、

「これは美味い」

「なにゆえわが屋敷では食べさせてくれぬのか」

と言い合った。

一行は朝餉の後、実右衛門方の座敷を借り受け、例幣使一行が通過するまで仮眠をとることにした。

風の通る座敷に夏茣蓙《なつござ》を敷いて、籐《とう》の枕で主従が横になった。どれほど眠ったか、街道の方角で、

しししっ

という制止の声とざわめきが起こった。

磐音はそのことを気にしながらも快い眠りに落ちていた。

ふと悲鳴と絶叫が上がった。

表の通りからだ。

磐音はむっくり起き上がると、かたわらの長船長義と粟田口吉光の大小を腰に差した。

「なんぞ騒ぎのようじゃな」

「例幣使ご一行のようでございます」

「予も参る」

家基は磐音と一緒に騒ぎを確かめると言った。

「家基様、決してお口出しなさってはなりませぬぞ」

しばし考えた家基が頷いた。

磐音は様子を窺う野口三郎助らに頷き返した。

「頼みましたぞ」

野口老人は主従五人で人前に出ることのほうを危惧して磐音に任せた。

「承知しました」

二人が庄屋の長屋門を潜り出て、二十間ばかり先の街道を見ると、例幣使の一行が道の真ん中に止まっている様子が見えた。その周りには、大勢の土地の百姓たち、助郷に駆り出された人々が土下座をして這《は》いつくばっていた。

「なにか異変か」

家基は興味津々だ。

「家基様、重ねてお願い申し上げます。お口出し無用にございます」

「磐音、承知しておる」

磐音と家基が、停滞を余儀なくされている様子の行列に近付くと、御輿《みこし》のかたわらに立つ巨漢の朝廷衛士が、三つばかりの幼女の手首を摑み、辺りを睨み据えていた。女の子は恐怖のあまり泣くことも忘れていた。その足元に女が一人ひれ伏していた。おそらく母親であろう。

「例幣使高辻宰相胤長《たねなが》卿の御輿先を穢《けが》して、ただで済むと思うてか」

「はっ」

と答えたのは名主の実右衛門だ。

「京にて三七二十一日の斎戒沐浴、道中にても穢れなく旅を重ねてきた例幣使一行五十余人、明日には神君家康様の御霊《みたま》の前にて家治様にご面会にごじゃる。その前日にかような薄汚き童に御輿先を横切られたとあっては、われら例幣使一行、一旦京に舞い戻り再び身を清めて出直さねばならぬ。そうなれば明日の家康様の忌日に間に合わぬ。すべてはこの村の責任である」

実右衛門が、

「頑是《がんぜ》無《な》き子供の所業にございます、なにとぞお許しのほど願います」

とさらに何度も頭を下げ、額を地面に擦《こす》り付けた。

「ならぬならぬ」

例幣使に供奉《ぐぶ》する朝廷衛士は言下に拒んだ。

「磐音、あやつらの所業、許せぬぞ」

と家基は磐音に言うと、土下座する村人の間を抜けて、

「例幣使どのにもの申す。名主が願うとおり、まだ幼い子供の行いである。許さ

れよ」

「黙りおろう。このお行列をなんと心得る。朝廷から幕府に差し遣わされた例幣使の一行であるぞ」

「承知じゃ」

「承知で口出しするとは、そのほうがこの子供に代わりて詫《わ》びると申されるか」

「詫びてもよいが、どういたさばよいか」

「例幣使ご一行を止めた代償はお清め料五十両が相場にておじゃる」

「なにっ、金子を申し受けると申すか。許せぬ」

「例幣使に向かって刀でも抜こうというか、田舎侍めが」

「なにっ、田舎侍と申したか」

と思わず名乗ろうとする家基に歩み寄った磐音が、

「口出しご無用と申し上げましたぞ」

と囁くと、家基を庇《かば》うように背に回した。

「おのれら、この始末、いかになすぞ」

衛士は手首を摑んでいた幼女を配下の者に預け、代わりに大薙刀《おおなぎなた》を受け取ると、威嚇《いかく》するように鞘を払った刃を磐音の胸前一尺のところでぶるんぶるんと振り回してみせた。

朝廷に仕える腕自慢か、身丈は六尺を大きく超えていた。

「例幣使様、警護の方に申し上げる。そなたも申されたとおり、明日には家康様の忌日の大祭が催される。今年は上様自らの社参もござれば、例幣使様にも例年以上にお気を遣われた道中と心得申す。どうかこのまま日光にお進みあらんことをお頼み申し上げる」

「ならぬ、お清め料を払いなされ」

「お断りいたさばいかがなされる」

「例幣使の行列先を穢した者は斬り捨て御免が相場」

と叫んだ朝廷衛士の巨漢は薙刀の刃を磐音に向け、大上段に振り被った。

御輿の簾《すだれ》の向こうから、高辻宰相胤長卿が二人を見詰める気配を感じた。

「重ねてお願い申す。このままお通りあれ」

「問答無用！」

大上段に振り被られた大薙刀が一閃《いっせん》した。

ふわり
と磐音が動いたのはその瞬間だ。

大薙刀の刃の下に身を飛び込ませた磐音は、備前長船長義を鞘ごと帯から引き抜くと、柄頭《つかがしら》を巨漢の鳩尾《みぞおち》に突き上げた。

がくん

と大きな体をくの字に折った朝廷衛士が、腰砕けに街道上に転がった。

一瞬の早業だ。

例幣使一行五十余人は、度肝《どぎも》を抜かれて口を噤んだままだ。元々朝廷と幕府の威光を笠に、道中なにやかにやと難癖をつけては金子をせびりとることで知られた例幣使だ。武術に長《た》けているわけではなかった。ただの力自慢だろう。

磐音は、鞘元を左手に摑んだまま呆然と立ち竦んだ例幣使一行を睨み回し、

「大事の前の小事にござる。日光に向けてお発ちなされ」

と静かに言った。

「輿を上げや」

御輿の簾の向こうから命が発せられた。

第五章　女狐おてん

一

十代将軍家治の日光社参の行列は十六日の八つ（午後二時）過ぎに今市《いまいち》宿の如来寺に到着し、一行は昼餉のために暫時休憩した。

今市は日光東照宮の一つ手前の大きな宿場であり、日光道中、日光例幣使道、会津西街道の三つの街道が合流する交通の要衝だ。それだけに本陣一軒、脇本陣一軒、旅籠《はたご》二十一軒の堂々たる宿場だが、家治の御行列到着に宿場中が緊張と混乱にごった返していた。

この間に、随行の直参旗本、大名諸侯が御行列を改め、威儀を正した。その作業が思いのほか時間を要し、家治の日光入りが遅れた。

家治が再び御駕《おかご》に乗り、陸尺《ろくしやく》たちが阿吽《あうん》の呼吸で長柄の棒を肩に載せた。

「お発ち！」

如来寺の境内に声が響き、参道を通り山門を抜けた家治の御駕が長い御行列の真ん中に納まった。

今市から日光まで二里、最後の行程は杉並木が初夏の陽射しを避けてくれた。

「二十余年、杉を路傍に、左右ならびに山中に植え、以《もつ》て東照宮に寄進し奉る」

徳川家康の側近にして相模甘縄《さがみあまなわ》藩主の松平正綱が、慶安《けいあん》元年（一六四八）に五万本とも二十万本ともいわれる杉並木を寄進した。

苗木は百二十八年の歳月を経て、大木に育ち、日光東照宮に参る旅人に涼気を漂わす日陰を投げかけてくれた。杉並木は日光例幣使道、会津西街道にも植えられて旅人に多大な恩恵を与えていた。

正綱は当初、杉の苗木を紀州の熊野から取り寄せたが、後には日光周辺の杣人《そまびと》、百姓が栽培したものが使われたという。

杉並木の向こうに大谷《だいや》川が夕陽を浴びて煌き、夏燕《なつつばめ》や蜻蛉《かげろう》が競い合うように飛んで、御行列一行の旅情を誘った。それは、なんとか江戸から無事に日光に到着したという安堵の想いと重なっていた。

今市口の守りに就く酒井左衛門尉忠徳が御行列を拝礼して迎えるかたわらに、一人の武家が立っていた。

随身方《ずいじんがた》の速水左近は、昨夕宇都宮の興禅寺で家基を暗殺せんと襲来した刺客の一団雑賀衆を退けた佐々木玲圓その人の顔を、一文字笠の下に認めた。

速水が、

すいっ

と御行列を離れて、玲圓のかたわらに寄った。

玲圓も心得て、警護する者たちの後ろへと出て、警護陣の背後から家治の御駕を追う格好になった。

「家基様、ご機嫌如何《いかが》にございますかな」

「いたってご壮健とお見受けいたしました」

と前置きした玲圓が文挟宿の騒ぎを報告した。

「なんと例幣使高辻卿のご一行とそのように小競《ぜ》り合いをな」

と速水が応じ、

「例幣使ご一行は決して評判がよくござらぬゆえ、坂崎どのにお灸《きゆう》を据えられて頭を冷やされたことでございましょう」

「磐音らが休息する百姓家近くでひと稼ぎと考えたのが、間違いにござったかな」

「家基様にご対面の折りの高辻宰相どののお顔が見物にござる」

と速水が笑った。

「今一つの雑賀衆にござるが、なんとしても家基様のお命縮めんと態勢を組み直し、今宵の日光の一夜に賭《か》ける所存と思えます」

「なんぞ手助けが要りますか、玲圓どの」

「磐音も健在、それがしも今宵はご一行に合流いたす所存、あまり騒ぎを大きくしても日光社参に差し障りがございましょう」

「いかにも」

速水左近と佐々木玲圓は家治の御駕を視界に留めながら、日光での家基警護のことなど諸々を入念に打ち合わせした。

速水左近が家治の御駕側《そば》に戻ったのは、日光道中最後の宿場鉢石《はついし》の少し手前だ。

「左近、なんぞあったか」

家治の忍びやかな声がした。

速水の姿がしばし見えなかったことを家治は気遣っていたのだ。

「佐々木玲圓どのの姿を認めましたゆえ、お目にかかって報告を受けておりました」

「息災か」

家治は、大納言とも家基とも口にせず家基のことを案じた。

「佐々木どののお話によれば、一段と体が逞しゅう、お顔が精悍に輝いておられるとのことにございます。旅の気が若き御身によき影響をもたらしたのでございましょうか」

「大勢にかしずかれる暮らしから一転、奔放なる時を得たのだ。若鷹《わかたか》の如く思う存分世間の気を吸ったものと見ゆるな」

「いかにも仰せのとおりにございますが、それもこれも上様のご決断がおありになったればこそにございます」

「そなたの剣友がいなくばこの旅はなかったぞ、左近」

「いかにもさようにございます。安永五年の夏の旅は、終生の思い出におなりあそばそうかと存じます」

「そうあることを祈ろうか」

家治の返事は父親のものだった。

江戸からの長い道中を経て、家治の日光社参の御行列が日光山に入ろうとしたのは、酉《とり》(午後六時)の刻限過ぎであった。

日光山は東照宮と二荒山《ふたらさん》神社、輪王寺《りんのうじ》の二社一寺を総称したものだ。

お山にはすでに夏の夕暮れが訪れて、杉並木の下の石灯籠《いしどうろう》には灯りが点されていた。

徳川家康の御霊《みたま》を奉じる山の入口、神橋《しんきょう》の袂で学頭修学院僧正韻順《いんじゅん》と東叡山《とうえいざん》の執当恵恩院周順《しゅうじゅん》の二人の出迎えを受けた。

「上様、長の道中恙無《つつがな》くもお山にご到着、祝着《しゅうじゃく》にございます」

「出迎えご苦労」

神橋を渡ると、さらに山道には御宮の別当大楽院恵澄《けいちょう》、大猷院《たいゆういん》(家光)殿別当龍光院恵道《けいどう》他、一山の僧侶たちが大勢居流れて出迎えた。

本坊の車寄せで御駕を降りた家治を西の丸の御使、御側衆の大久保下野守忠恕《ただみ》、種姫の御部屋より広敷《ひろしき》用人夏目但馬守信卿《のぶあきら》が出迎え、気色《けしき》伺いをした。

その折り、家治が家基の御側衆大久保を呼んで、

「下野、ご苦労であった。どうやらそなたの主《あるじ》どのも安着したようだ」

と小声で囁きかけ、大久保は思わず膝を屈して礼を述べた。

日光のお山の荘厳な雰囲気に緊張が加わった。

家治の本坊には書院番頭永井美濃守直富、組頭堀内膳長政、小姓組番頭浅野備前守長充、与頭植村隼人正智、新番頭小笠原縫殿助持易、徒頭坂本美濃守直富、目付井上数馬正在、権の目付水野清六忠郷、使番酒井小平次忠敬らが配置に就いた。

その中心に随身方速水左近ら腹心が侍り、御典医桂川国瑞らが御脈を拝見した。

弥助はその刻限、二荒山神社を北へ十丁余り離れた滝尾神社の法華堂に集う雑賀衆を監視していた。

宇都宮の興禅寺で家基暗殺に失敗した雑賀泰造日根八ら総勢三十余人は、今宵の最後の機会に命を懸けて、家基の日光到着の知らせを待っていた。

六つ半（午後七時）を過ぎた頃合い、日光に入る街道各所に配置していた密偵が一人ふたりと戻ってきて、俄かに法華堂の緊張が高まった。さらに四半刻（三十分）後、面体《めんてい》を隠した武家が数人の供を連れて、法華堂に入った。

「田沼の使いだな」

弥助は独りごちた。

果たして弥助が睨んだとおり田沼意次の用人の一人、浮田秀伸《うきたひでのぶ》だった。主の命を伝え、お山の宿坊の絵図面を届ける浮田の法華堂滞在はわずかな時間だった。命が厳しいものであったのか、法華堂の面々に緊張が走った。

弥助は田沼の使いを尾行するか、このまま法華堂の監視を続けるか、迷った末に滝尾神社法華堂に残ることにした。

雑賀衆は下忍集団だ。

話を聞くために床下や天井裏に忍び近付くことは叶わなかった。だが、弥助はこれほどの大集団、どこかに綻《ほころ》びはあると気長に耐えていた。

その好機が訪れたのは五つ半（午後九時）を過ぎた刻限だった。まだ若い雑賀衆の二人が法華堂を出て、神社の社務所へ行く様子を見せた。

弥助は迷わずその後を尾行した。

「海輔《かいすけ》、われら雑賀衆の命運が今宵決まるというのは真実《まこと》かのう」

「雑賀衆総頭《そうがしら》や七尺組頭があれほど厳しい顔をなされるのは見たこともないわ。間違いあるまい」

「われら十五で命果つるか」

「熊造《くまぞう》、同じ十五でも命果つるのはどなたかであろう。陽の当たる場所に雑賀衆が出る夜になるやもしれぬ」

「お山に入らず鉢石の旅籠にとどまるなど、小細工が過ぎたな」

「ああ、お山に入れば警備が厳重、いくらわれらとて忍び入るのは難しかったぞ」

「夜半をして生涯を閉じる者あり。われらが世に打って出る瑞祥《ずいしょう》よ」

「明日の社参が見物《みもの》かな」

若い二人は社務所に入り、酒を請うた気配があった。

遠耳にて話を聞いた弥助は、密かに滝尾神社から抜け出ようとした。

日光山二社一寺を迂回して大谷川へと下る弥助は、尾行されていることに気付いた。中禅寺湖から華厳《けごん》の滝に流れて大谷川の流れになった。

足の運びも挙動も変えず、脳髄《のうずい》と五感を必死で働かせた。

その結果、弥助を尾《つ》ける者は一人と判断した。一対一ならなんとでもなる。

（さてどこへ誘い込むか）

弥助は河原に下りると、顔でも洗う体《てい》で水辺の岩にしゃがみ込んだ。その膝を屈したままの姿勢で水の流れへと頭から落ち、音も立てずに水中に没した。

河原の気が乱れて、黒い影が一つ、今まで弥助がいた水辺の岩場に立った。

「気付かれておったか」

口から洩れたのはなんと若い女の声だった。片手に十字手裏剣を構えて、薄い月明かりに青く浮かぶ流れを油断なく窺った。

女忍び霧子《きりこ》は使いに出され、滝尾神社法華堂に戻る途中に山を下ってくる弥助を見かけたのだ。

雑賀衆の動きが敵方に知られたか。それは雑賀の命運を左右する大事だった。十五歳の霧子は敵方の密偵を始末する気で即座に尾行を開始した。相手は霧子の尾行など知らぬげに山を下り、川の流れに出たのだ。

だが、ふいに相手が姿を消した。

霧子は不安の胸を鎮めて流れをさらに窺った。

足元の水中から手が、
すすうっ
と伸びてきて、霧子の足首を摑むと水中に引き摺《ず》り込んだ。

あっ
と女忍びが驚きの声を上げて水中へと落下した。

水流が霧子の体をもみくちゃにした。水面と水底の区別が分からないほどにぐるぐると体が回り、ふいに静かな流れに戻った。
その瞬間、体の背後から身を寄せてきた者がいた。
（敵の密偵だ）
霧子が恐怖に身を竦めたとき、首に手が巻かれた。
足先で蹴《け》り、肘《ひじ》で相手の体に打撃を与えようとしたが、霧子にぴたりと身を寄せた相手が、
くいっ
と首に巻いた腕に力を入れ、霧子は水中で気を失った。

四つ（午後十時）の刻限、磐音は旅籠を一人出ると大谷川の河原に下った。旅籠を見張る三人の雑賀衆のうち、二人が従った。

河原に下りた磐音は薄い月光を浴びて直心影流のかたちの稽古《けいこ》を始めた。

その動きは悠揚せまらず早くもなく遅くもなく、夜に溶け込んで舞い動かされた。

さらに一つの影が旅籠を抜け出た。雑賀衆の残る一人の見張りが三枝隆之輔の後を尾行した。三枝は尾行など気にかける様子もなくすたすたと日光への杉並木

を辿っていった。

最後の見張りがいなくなった旅籠から三つの影が忍び出た。

大納言徳川家基と御鷹匠組頭の野口三郎助老人に五木忠次郎だ。

三人は杉並木の外側に続く畦道《あぜみち》を日光へと向かい、さらに一つの影が付かず離れず尾けていく。

旅に慣れた影の動きは、影警護する佐々木玲圓その人だ。

三枝は鉢石と神橋の中ほどの杉並木で歩みを止めた。尾行する見張りもまた杉の大木の陰に身を潜めて、三枝の様子を窺った。

畦道を鉢石の方角から歩いてくる三つの影があった。

見張りは、

(家基と従者だぞ)

と御鷹を連れた三人に思わず気を取られた。

ふいに近くに人の気配がした。

振り向くと一文字笠の佐々木玲圓の拳《こぶし》が雑賀衆の鳩尾《みぞおち》に当てられ、杉の幹に背を打ちつけた雑賀衆紀州こと紀伊半兵衛《きいはんべえ》はくたくたと崩れ落ちた。

四半刻（三十分）後、家基の一行、野口老人、三枝、五木、それに新たに加わった佐々木玲圓の五人が宿坊仁覚坊に入った。

仁覚坊は大名諸家が宿泊する日光山の宿坊でも一番東に位置して、人の出入りが気にならない場所にあった。

五人が仁覚坊修行堂に落ち着いた刻限、大谷川の河原での稽古を終えた磐音が旅籠の裏口から入った。

磐音を見張る二人の雑賀衆は、残った仲間の一人がいないことに気付いて、注意をそちらに向けた。

その隙に磐音も旅籠から姿を消し、大谷川沿いに上流へと上っていった。

弥助は時をかけながら、神橋の下まで女忍びの体を抱えて流れに乗って泳いできた。さすがに中禅寺湖から流れくる水は冷たく、体が冷え切っていた。日光山を中心にこの界隈の旅籠、宿坊、百姓家などに何十万人もの人々が泊まり込んでいた。

弥助は人目のなさそうな岸を選んで女忍びの体を引き上げ、さらにぐったりとした体を抱えると、最後の落合い場所の仁覚坊を目指した。

磐音が密かに仁覚坊修行堂の裏口に着いたとき、弥助が土間に女忍びの体を横たえ、活を入れようとしていた。かたわらには佐々木玲圓だけがいた。

「先生、遅くなりました」

と挨拶した磐音が、

「弥助どの、ずぶ濡れの女忍びをどこで拾われた」

と訊いた。

「坂崎様、雑賀衆にはくノ一まで混じっているようです。大谷川に誘い込み、水中に引きずり込んだはよいのですが、水が冷たいのなんのって」

苦笑いした弥助が膝を女忍びの背に当てて、息を吹き返させた。

げげぼっ
と水を吐き出した女は荒い息を二度三度と吐き、陥った危難に気付いたか、はっ
として身構えようとした。

「忍びの道具はすべて預かった」

弥助の声に、それでも素手を構えて抵抗しようとした。

「やめておきな。おめえさんの前におられるのは、江戸は神保小路の直心影流道

場の主、佐々木玲圓道永様と一番弟子の坂崎磐音様だ。逆立ちしたって逃げられる相手でもなし、敵うお方でもねえや」

「おのれ、申したな」

とそれでも逃げる術《すべ》はないかと見回す女忍びの必死の声に気付いたか、野口三郎助老人を従えた大納言家基が姿を見せた。

玲圓も磐音も腰を折って頭《こうべ》を垂れ、弥助などは土間に平伏した。

「構わぬ、調べを続けよ」

と言った家基が気を変えたか、

「女忍び、名はなんと申す」

と自ら下問した。

女忍びは家基の威厳に圧倒されて口が利けずにいた。

「そなたらが殺《あや》めようとしておる大納言家基様である。答えよ」

澄んだ家基の瞳に睨まれた霧子は、

「き、霧子にございます」

と答えていた。

「そなたら、予の命を縮めてなんとしようというのか」

「………」

「答えよ、霧子」

「雑賀衆が世に打って出る機会にすると、総頭が申されております」

家基がふいにからからと笑った。

「笑うでない」

霧子の顔が怒りに赤くなり、叫んでいた。

「怒ったか、女忍び。世に政《まつりごと》を司る者どもの言辞ほど信頼のならぬものはない。そなたらは下働きに使われ、命を次々に落として滅びゆく。それが宿命《さだめ》よ、そうは思わぬか」

霧子が歯軋《はぎし》りをした。

「し、死んでやる」

「予の申すこと信頼できぬか。ならば、そなたらの一族の顚末、そなたの目で確かめよ。それが、天がそなたに与えた使命と思え」

家基が助命の言葉を告げ、弥助に、

「猿轡《さるぐつわ》をかませ、どこぞに閉じ込めておけ」

と命じた。

玲圓と磐音と弥助は、明晰なる沙汰に思わず首肯していた。

二

滝尾神社法華堂は、鉢石宿に出していた見張り二人の報告に混乱に陥った。

総頭の雑賀泰造の顔が、

すうっ

と白くなって目が鈍く光り、反対に蝙蝠《こうもり》組を率いる七尺組頭の辰見喰助は憤怒に顔を真っ赤に染めた。今にも爆発しそうな形相に、配下の者たちが身を竦ませた。

「おのら、家基ら五人が旅籠を抜け出すのを見逃したというか！」

法華堂の天井に頭がつきそうな七尺組頭が喚《わめ》き、刀の柄《つか》に手をかけた。

「待て、七尺」

と雑賀泰造が制し、

「こやつら二人を始末するのはいつでもできるわ。今は家基主従がどこに移ったか探ることが先決じゃ」

土間に額を擦《こす》りつけていた二人の雑賀衆が思わず顔を上げ、ぺこぺこと総頭と組頭に詫びた。

「そなたらの助命が決まったわけではないぞ。紀州はどうした」

見張り仲間がどうしたか、七尺が問うた。

「われら二人が坂崎磐音とか申す剣客が河原で夜稽古をなす模様を監視している間に、姿を消したのでございます。われらを旅籠から引き離し、見張りが手薄になった隙に家基一行は旅籠を抜け、紀州はその後を尾行しているものと思えます」

一縷《いちる》の望みを託して見張りの一人が答えた。もう一人が、

「坂崎が旅籠に戻った四半刻後にわれら旅籠に忍び込み、最前、旅籠に入った坂崎を含め、家基一行がいないことを知りましてございます」

うーむ
と七尺組頭が両の腕を組んで唸《うな》った。そして、皆を見回し、不足の人員はおらぬか確かめた。

「霧子は未だ戻らぬか」

七尺の問いに女忍びの小頭《こがしら》、女狐《めぎつね》おてんが、

「組頭、先ほどから案じております」

「家基の密偵の手に落ちたということはあるまいな」

新たな緊張が走った。

「七尺、万が一、敵の手に落ちたとせよ。雑賀衆の女忍び、わが身の始末くらいできよう」

「総頭、いかにも」

「さて、われらに残されたは二、三刻だけじゃ。家基がどこに新たな宿坊を見つけたか」

「宿坊と申されますとお山に入ったと考えられますか」

「鉢石宿の旅籠はわれらの目を晦《くら》ますためのもの、最初《はな》からこのお山のどこかに家基一行の宿坊が用意されていた筈《はず》だ。明日の祭礼参加を考えるとな」

「いかにも」

雑賀泰造は腰に差した黒扇子を抜いて、田沼の使いの浮田秀伸が残した日光山宿坊の絵図面を扇子の先で確かめながら見入った。

そこには、どの宿坊に家治の近習《きんじゅ》のだれが詰め、どこの大名家がどの宿坊に宿泊しているかが書き込まれていた。

むろん日光山の宿坊だけでは社参の随員全員が宿泊できるわけもなかった。外様小名、小身の旗本御家人、町方と大半の随員は、お山の周りの寺、神社、庄屋屋敷、旅籠、百姓家に分宿していた。

お山に入れたのは御三家、譜代、大大名、直参大身旗本、高家衆、例幣使一行と限られていた。

「御三家、大大名は、こたびの社参にあらかじめ宿営を準備して家臣団の大半をそちらに泊めておる。それらをすべて短い時間に調べ上げることはできぬ」

「やはりお山の宿坊に限りますか」

「七尺、見よ。お山の宿坊にはどこも空きがないわ」

「ということは」

「家基は未だお山に入っていないか、あるいは宿坊に入ったが、偽装のために宿坊には異なった名が記されているか」

と総頭雑賀泰造が瞑想《めいそう》した。

次の瞬間、ぎらりと両眼を開けた。七尺組頭らもすでに法華堂に近付く者の気配に気付いて身構えていた。

扉の向こうで、

「紀州にございます」

との忍びやかな声がした。

「紀州が戻ったか」

七尺組頭の声が弾んだ。

扉が内側から開けられ、黒装束に夜露をつけた紀州こと紀伊半兵衛が姿を見せた。

「紀州、無事であったか」

鉢石宿で同じ見張りの御用についていた一人が言った。そちらにちらりと視線を向けた紀州はすぐに総頭雑賀泰造の前に進み、腰を下ろした。

「まず報告申します。霧子は、敵方の密偵の手に落ちてございます」

「やはりそうか」

法華堂に新たな、重い沈黙が支配した。

「紀州、続けよ」

はっ、と畏まった紀州が得意げに、

「家基主従は新たな宿営に移りましてございます」

「して、その移った先は」

「お山の東方、仁覚坊修行堂にございます」

「間違いないか」

「間違いございません」

雑賀泰造は目の前の絵図面に目を落とし、黒扇子の先で仁覚坊を差し、

「松平右近将監武元宿泊とある。田沼様と反りが合わぬ老中どのの名が記された仁覚坊とは、いかにも家基らのために密かに用意された最後の宿坊に相応《ふさわ》しいわ」

と笑った。

「紀州、そなた、どうやって家基の宿坊を突き止めた」

紀州の得意げな様子が消えて、体が小さく萎《しぼ》んだ。

「家基の供侍一人が鉢石の旅籠から抜け出たのは、坂崎とか申す随行の剣客が河原に下りた後のことでした。それがしはどうしたものかと一瞬迷いましたが、その者を尾行しました。われら見張りを外す狙いかと考えたからです。ならばこやつに食らいつけば早晩家基と合流すると考えました。はたして旅籠に残った家基主従三人は、それがしがいなくなった後に旅籠を出た模様です」

見張りに失敗した二人の仲間が舌打ちし、七尺の厳しい視線を受け、慌てて顔

を伏せた。

「それがしが尾行する若侍は、杉並木で後から来る家基を待ち受ける体で足を止めました。それがしも若侍の動向に気を配りながら、時が来るのを待っておりますと、杉並木に沿った野良道を三人の影が歩いてきたのです」

「紀州、ようやった」

「ところが七尺組頭、それが大失態を起こしましたので」

「どうした」

「二つに分かれた家基ら四人とは別に、もう一人杉並木に潜んでいたので」

「坂崎磐音は大谷川で夜稽古であったな」

「いかにも」

磐音を見張っていた二人のうち一人が答えた。

「気配を感じたときには不覚にも鳩尾に拳を当てられておりました。その折り、ちらりと確かめました相手の風貌《ふうぼう》は、宇都宮宿興禅寺で畳を跳ね上げて、われらが放った飛び道具の襲撃を防いだ剣術家の佐々木玲圓にございました」

ちちちっ
と雑賀泰造が舌打ちし、報告の先を促した。

「気を失っていたのはわずかな刻限でしたが、杉並木から家基主従の姿は掻き消え、この失態をどう取り戻したものかと迷いました。ですが、まずは報告が先と大谷川沿いに夜走りにて走っておりますと、運が向こうからやってきました。二つの人影が流れの中に絡みつくように浮かび、それが岸辺に這い上がってきたのです。一つの影はぐったりと気を失っておりました」

「霧子か」

「組頭、いかにも。それがし、敵方の密偵と遭遇した霧子が相手の力に制せられたものと推量し、霧子を肩に担いだ密偵を慎重に尾行して、仁覚坊に行きついたのでございます」

雑賀泰造が、

「天はわれら雑賀一族を見捨てず」

と呟き、

「怪我の功名とはまさにこのこと」

と七尺組頭が洩らした。

雑賀衆を率いる剣豪雑賀泰造がしばし瞑想し、決断したように命を発した。

「お山に入った家基一行を斃《たお》すのは至難の業。だが、それをやり遂げねばわれら雑賀衆が日の目を見ることはない。生きるか死ぬか、乾坤一擲《けんこんいってき》の大戦《おおいくさ》。神君家康様の聖地を恐れながらお騒がせいたすぞ。なあに警備が厳重なほど中に入れば動きは自在よ」

おおっ

と雑賀衆三十七人が喊声《かんせい》を上げた。

「七尺、飛び道具から鉄砲は除《の》けよ。戦は無音のままにやり果せる」

お山で騒ぎを起こせば、全山警護の御番衆、直参旗本、大名衆何万人もが馳せ参じるのは目に見えていた。

「畏まって候」

一同が戦仕度に入った。

日光山宿坊は一つひとつが石垣や築地《ついじ》塀《べい》で囲まれ、陣屋か城館のような造りになっていた。

その中でも仁覚坊は東と北を高い崖《がけ》に遮《さえぎ》られ、南に表門、西に横手門を配し、他の宿坊から孤絶していた。それは日光山にて修行する青年僧らの学習堂と武道の稽古場を兼ね備え、日光山を自ら守るための道場の役目も果たしていた。ゆえに修行坊とも呼ばれた。

この仁覚坊が、家基の日光の宿泊所に用意されていた。

江戸からの道中、時に夜道を歩き通す旅でもあった。明日の祭礼儀式に備えて、仁覚坊は四つ半（午後十一時）過ぎには眠りに就いていた。

九つの時鐘がお山に響き、鐘の音が杉林の高みの夜空に溶け込んで消えていった頃合い、野口三郎助のかたわらに休息していた隼が闇の中で、
ぎらり
と鋭い両眼を見開いた。

「やはり来おったか」

「雑賀衆も必死でございましょうからな」

「磐音、予《かね》ての手筈どおりに」

「畏まりました」

家基の寝所の隣に仮眠していた佐々木玲圓と磐音が小声で話し合い、磐音が、

「家基様、修行堂にお移りを」

と家基と野口老人、三枝隆之輔、五木忠次郎の四人を修行堂の上段の間に案内していった。すべて打ち合わせどおりの行動で、家基は一切言葉を発しなかった。

仁覚坊修行堂は剣術道場の趣があった。

広さ八十畳に十二畳ほどの上段の間、道場でいう見所《けんぞ》が付随していた。

周囲の壁は厚板で張られ、薙刀《なぎなた》や槍《やり》の稽古に使えるよう天井は高く、床板はしっかりと頑丈に造られていた。

窓は板壁の、床から六尺ほどの高さに格子窓がいくつかあるだけだ。

戸口は上段の間の左右と、上段の間に向き合う正面に、僧侶たちが出入りする幅三間の表口があった。

磐音は家基が着座し、修行堂に味方が全員籠ったのを確認して、三枝と五木に命じて上段の間左右の板戸を閉じさせ、閂《かんぬき》を下ろさせた。その床の一角に猿轡を嵌《は》められ、手足を縛られた霧子が転がされていた。

これで修行堂に出入りするのは表口しかなくなった。

上段の間に座す大納言家基のかたわらに侍るのは、御鷹匠組頭の野口三郎助老人ただ一人だ。その腕には、闇の中でも炯々《けいけい》と光を放つ隼がいた。

若鷹は興奮し、気負い立っていた。

隼が気負い立つのは、忍び寄る雑賀衆の気配のせいであろうと家基は考えていた。

「三郎助、初陣の前とはかような心持ちかのう」

「はてさて、それがしも戦国の世が過ぎ、泰平の御世に生まれ育ちましたゆえ、しかとは答えられませぬ」

徳川家治の精鋭たちが警護する日光山に慎重な行動で忍び込んだ雑賀衆三十七人は、さらに仁覚坊の塀を次々に乗り越えた。

そこで七尺組頭の辰見喰助が、二本の忍び刀の鞘に差し込まれた一本の小柄《こづか》を抜いて口に咥えた。配下の者たちもその行動を真似た。

飛び道具としても使え、音を出さないための工夫でもあった。

だが、雑賀衆の頭領にして、四方泰流の創始者雑賀泰造日根八の口にはなにもなかった。

七尺組頭が総頭に頷き、仁覚坊の宿坊のうち正客のための座敷へと配下の者たちを散らした。

その各々の手には短弓、手裏剣、鉄菱《てつびし》など得意の飛び道具があった。

庭では雑賀衆の総頭と七尺組頭がその瞬間を待って待機していた。が、すぐに一つの影が無音の中に戻ってきた。

仁覚坊を突き止めた紀州こと紀伊半兵衛だ。

口から小柄をとることなく無音の会話で報告した。

「人の気配がいたしませぬ」

その声音には狐につままれたような訝《いぶか》しさがあった。

「紀州、そなた、謀《はか》られたな」

七尺組頭も無音のままに伝えた。

「いえ、さようなことは」

別の気配がした。女忍びの小頭女狐のおてんだ。

年増《としま》ながらまだ艶《つや》を湛《たた》えたおてんは七尺組頭ではなく、雑賀泰造の足下に片膝を突いた。その瞳は二人が格別な関係にあることを物語っていた。

「総頭、どうやら家基主従は修行堂に籠っているようにございます」

「おてん、ようやった」

とおてんを誉めた雑賀が、

「なんとのう、自ら退路を断ちおったか」

と呟き、新たな命を発した。

雑賀衆が修行堂を取り囲んで、襲撃の時に備えた。

先駆けの者たちが侵入路の確認に走った。

その結果、修行堂の表口しかないことが判明した。

佐々木玲圓と坂崎磐音の師弟は修行堂の真ん中、闇の中で戦いの仕度を終えていた。

袴の股立《ももだ》ちをとり、襷《たすき》をかけて、大小の柄に湿りをくれていた。そして、玲圓は長柄の十字槍を、磐音は薙刀を手にしていた。

多勢に無勢の乱戦となるのは必定《ひつじょう》だ。

二人が長柄の槍と薙刀を手にした理由だった。

玲圓と磐音も仁覚坊外に援軍を求める考えはない。あくまで家基を自らの手で死守する気構えだった。

将軍家と幕閣の権力者の田沼意次の暗闘は、旗本や大名に知られてはならぬことだった。

師弟は暗闇《くらやみ》の中で頷き合った。

殺気が表戸の向こうに満ちた。

すでに戦仕度を終えていることを互いに承知していた。

緊張に研ぎ澄まされた気配が一気に動いた。

修行堂の引き戸が左右に開かれ、夜目を凝らした雑賀衆の第一陣が短弓と手裏剣を構えて風のように侵入した。
先頭に飛び込んだ二人が左右に分かれて片膝を突き、弓を構えた。さらに二人がその外側に、さらにもう二人と、都合六人が左右に三人ずつの弓手で相手の動きを牽制し、味方を援護しようとした。
その瞬間、御鷹匠組頭の野口三郎助老人が、
ほっほっ
という叫びを発した。
三郎助老人の腕から隼が飛び立ち、高い天井付近で無数の羽音が重なり合って響いたかと思うと、広い修行堂の中を一気に飛翔し、侵入してきた雑賀衆に襲いかかった。
闇の中で無音のうちに猛禽と忍びの戦いが繰り広げられ、
ほっほっほっ
という野口老人の叫びに、羽音は床上から天井付近へと移動した。
次の瞬間、行灯の灯りが、
ぼうっ

と点された。

修行堂の壁際で三枝隆之輔、五木忠次郎、弥助が行灯の灯りを点じたのだ。

幕府御鷹匠に飼育された鷹十数羽に奇襲攻撃され、目や顔に傷を負った雑賀衆十数人が入口近くで呻いていた。

（おのれ！）

七尺組頭は即座に態勢を立て直した。

辰見喰助の憤怒の視界に、二人の剣術家が槍と薙刀を構えて、上段の間に座す大納言家基の前を固めていた。そのかたわらでは奇襲攻撃の先陣を切った隼が誇らしげに、爛々《らんらん》と輝く眼を侵入者に向けていた。さらに天井の梁《はり》にいる隼の仲間たちは家治の随身方の一人、御鷹匠支配内山七兵衛永清が日光まで持参した御鷹だった。

今回の日光社参においては御鷹匠支配内山七兵衛は野口老人の主とも言えた。

「不届き者が、下がりおろう！　この場にあらせられるお方をどなたと心得る。従《じゅ》二位大納言徳川家基様なるぞ。下忍ども、下がれ下がれっ！」

佐々木玲圓道永の叱咤が修行堂に響き渡り、玲圓が小脇の長柄槍を扱《しご》きながら、ぐいぐいと間合いを詰めた。

磬音も玲圓から四間ほど横にあって、薙刀の刃《やいば》を床に這わせながら詰め寄った。

「雑賀衆が生きるか死ぬかの瀬戸際じゃ。押し包め。たかだか二人、息の音を止めよ！」

七尺組頭は口の小柄を吐き出すや、声を限りに下知した。

雑賀衆が二手に分かれて、磬音と玲圓に襲いかかった。

飛び道具を構えた雑賀衆には、その輪の外から再び御鷹たちが襲いかかった。

磬音の前には剽悍《ひょうかん》にも捨て身の雑賀衆が剣を揃えて斬りかかろうとした。

斜めに寝かせられた磬音の大薙刀の刃が風に舞う扇のように、
ふわり
と旋回した。

一見緩やかに見えた旋回に一人ふたりと足を掬われ、腰を斬り割られ、倒れ込んだ。さらに刃が優美にも旋回し、新たに雑賀衆が倒れた。

玲圓の十字槍は磬音の薙刀とは異なり、

「目にも留まらぬ」

動きで前後に突き出され、光に変じて左右に払われ、

ぶるんぶるん

と風を切り、間合いを利して切り崩していく。

「三郎助、見たか。かの国の関羽、張飛の勇者も顔負けの戦ぶりではないか。呆れ果てたる師弟よのう」

「見物にございますな」

多勢に無勢だが、その二人に何倍もの雑賀衆が切り崩され、追い立てられていた。すでに修行堂にある雑賀衆の半分以上が傷付き、戦いから離脱させられていた。

「雑賀泰造とやら、そなたらは懐手《ふところで》のまま配下の者を犬死にさせる気か」

佐々木玲圓が、黙然と戦いの成り行きを見ていた総頭雑賀泰造日根八に言葉を投げかけた。

三

「おのれ！」

玲圓の挑発にまんまと乗ったのは、七尺組頭辰見喰助だ。ひょろりとした衣紋掛けのような体を前に進めた。

「七尺、相手の策につり出されるでない」

総頭の制止をすでに聞けないほどに、七尺の頭は憤怒に熱くなっていた。江戸を出て以来、小人数の家基を狙い続けたが、悉《ことごと》く斥《しりぞ》けられていた。配下の者も多く死んだ。

それが七尺組頭にいつもの平静さを失わせていた。

「総頭、弐手流《にて》にて仕留める。検分あれ」

喰助は腰に差した忍び刀を二本抜いて左右の手に持った。刃渡り三尺三寸はありそうな直刀だ。だが、七尺組頭の腰にあるときは、まるで定寸《じょうすん》のように見えた。

「先生」

磐音が玲圓に先陣を切る許しを乞うた。

「よかろう」

槍を小脇に戻した玲圓が修行堂上段の間の近くに下がり、代わって三枝隆之輔が磐音のかたわらに出てきて、磐音の大薙刀を受け取った。

磐音は修行堂のほぼ真ん中で待ち受けた。

七尺組頭との間合いは六、七間ほど残していた。

上段の間の家基が身を乗り出した。

その様子を玲圓がちらりと見た。野口三郎助もその腕の隼も、磐音と七尺組頭の対決に集中していた。

玲圓も視線を修行堂の中央に戻した。

磐音が備前長船長義二尺六寸七分をぴたりと正眼に置いたところだった。

喰助の両手が水平に両肩の横に上げられた。刃先が磐音に向けられ、きらきらと光っていた。

衣紋掛けが不格好な案山子《かかし》に変じた。

「弐手流水車」

喰助の口からこの声が洩れ、横手に突き出された二本の忍び刀は水車が回るように前方へと回転し始めた。

ゆったりとした回転はすぐに速度を増した。

風が生じて磐音を襲った。

体がぐらぐらと揺れるほどの風圧であった。

磐音の六尺の体は風に戦《そよ》ぐ葦《あし》のように揺れつつも、両の足でしっかりと修行堂の床を踏み締めていた。

さらに七尺組頭は体を独楽《こま》のように回し、両手も回転させた。

修行堂全体に乱気流が渦巻《うずま》き、天井の梁に戻っていた鷹たちが震え、しっかりと爪先《つまさき》で梁を捉《とら》えて耐えていた。

おうっ

人間水車と変じた七尺組頭が磐音に向かって突進していった。

両腕を突き出したまま横手で回転していた忍び刀は回転を続けながら、前後左右に、時に素早く時にゆっくりと動いて、七尺組頭の前にある万物すべてを薙《な》ぎ倒す勢いを見せていた。

家基が息を呑んだ。

その瞬間、磐音の正眼の長船長義が自らの胸前に引き付けられ、力を溜めて静止した。

正面を向いた人間水車が間合いを切って、不動の磐音に襲いかかった。

磐音は、変幻自在に大車輪に回転する二本の刃の狭間を見ていた。

ふわり

と烈風に向かってそよ風が吹き抜けた。

猛烈な勢いで渦巻く烈風にそよ風が吹き散らされた、と家基の目には映った。

あっ

と思わず声を洩らしたとき、春風駘蕩たる磐音の体は二本の忍び刀が生み出すわずかな真空域に入り込み、胸前に引き付けられた長船長義が、

ずいっ

と振り下ろされた。

回転する二本の刀の狭間を抜けた長船長義が七尺組頭の衣紋掛けの肩を、

ぱあっ

と斬り割った。

人間水車が、

がたん

と動きを止めて、がくがくと七尺組頭の長身がくねり、両手から忍び刀が修行堂の床に転がって、辰見喰助が前のめりに斃れ込んだ。

「おおっ、やりおったわ！」

家基が思わず声を洩らした。

雑賀衆総頭は腹心の七尺組頭の敗北に即座に決断した。

雑賀衆を温存し、捲土重来《けんどちょうらい》を期すべく、この場を離れることをだ。片手を挙げ、

退却の合図を残党に送ろうとする雑賀泰造に、

「雑賀どの、七尺どのや配下の亡骸《なきがら》を置き去りにされるや」

と磐音が言い放った。

「おのれ！」

歯軋りして雑賀泰造が動きを止めた。

「この場から逃げては雑賀衆の頭領たる器量はなし。もはや一族の結集もござらぬ」

磐音がさらに追い討ちをかけた。

十一代将軍位を約束された若者を暗殺せんとした罪は許し難し、新たな襲撃の芽を残すわけにはいかなかった。

雑賀衆の残党の目が総頭の行動を注視していた。

ただ一人、雑賀衆の中から忍びの生き方を思い出させようとしたのは、女忍びにして雑賀の情婦女狐おてんだ。

「総頭、ここは退却の時にございます」

その声を打ち消すように、

「雑賀泰造日根八とやら、逃げたくば逃げよ。武芸者として、雑賀衆の頭領として生きる道はもはや閉ざされたわ」

と佐々木玲圓も言葉を投げた。

武芸者雑賀泰造日根八の顔から憤怒の表情がすうっと消えた。

「いかにも、佐々木玲圓、坂崎磐音の師弟を斃さずしてわれらの生きる道はない」

「総頭！　なりませぬ」

「おてん、わしが敗《やぶ》れしときには、腹のやや子によくよく言い聞かせよ。佐々木玲圓、坂崎磐音を打ち破り、雑賀の旗を天下に高々と掲げよとな！」

「総頭！」

おてんの声が切なくも哀しげに響いた。

雑賀泰造が悠然と磐音との間合いを詰め、二間まで縮めて足を止めた。

「総頭！」

「われらに下知を」

雑賀衆から悲鳴にも似た叫びが次々に上がった。

「案ずるな。易々と四方泰流は敗れはせぬ」

この言葉の後、雑賀泰造の五体がぴーんと張った。

磐音は言葉どおりに雑賀の四方泰流が尋常の剣ではないことを覚っていた。雑賀の五体のどこにも弛緩なく、刃を当てれば、

ぴーん

と弾き飛ばされそうな威圧があった。

その雑賀泰造が腰の剣をそろりと抜き、右肩に担ぐように構えた。

磐音は短い間に息を整え終え、再び長船長義を正眼に戻していた。

無念無想。

磐音は辰見喰助との戦いの興奮も余韻も全身から解き放って、再び居眠り剣法の静寂を取り戻そうとした。

だが、脳裏のどこかに、消し得ない興奮が残っていた。

ざわめく心中に磐音が思い描いたのは隼の飛翔だ。

野口老人の腕を離れた隼が大空に舞い上がり、大きな円弧を描く。気流に乗って羽ばたかせることなく滑空する。無益な力をどこにも使わず、自然の流れに乗って自在に飛んでいた。

その光景をだ。

磐音の想念はいつしか隼の目に変じていた。

隼は流れの岸辺を鳥瞰した。

夏燕が飛び交い、蜻蛉が群れ集っていた。

そんな平穏な営みの中に異変を見つけた隼は滑空に転じた。

脳裏にそんな光景を思い描きながら、視線は雑賀泰造の動きを注視していた。

雑賀泰造が編み出した四方泰流とは乱戦の剣術だ。前面の敵だけではなく四方に神経を張り詰め、いかなる動きにも対応できるように両の目玉を突き出すようにして、四方の動きと微細な大気の流れを読み切り、どの敵から先に倒すか瞬時に判断する剣法だ。

今、雑賀泰造が相手すべきは坂崎磐音ただ一人だ。だが、雑賀は坂崎を後見する佐々木玲圓の動きを認め、

（この困難の中で家基を暗殺する手は残されていないか）

考えていた。

だが、家基の前には佐々木玲圓が鉄壁の警護に就いていた。今は、

（前面の敵に集中せよ）

と剣客の本能が教えていた。

刹那、二人の剣客は雑念から解放され、互いの敵に集中し合った。

雑賀泰造の右肩に負われた剣が修行堂の天井に向かって高々と突き上げられていく。

磬音は再び不動の姿勢に戻し、正眼の長船長義を小揺るぎもさせなかった。

生身の磬音は巌《いわお》と変じていた。

ただ修行堂で動き続けるものは、天井を突き破り、夜空に向かって突き上げられる雑賀泰造の剣だけだ。

おおおっ！

雑賀の口から、いや、腹の底から凝縮された気合いが洩れ響いた。

突き上げられた剣とともに雑賀泰造が一歩二歩と足を踏み出し、ゆるゆると死地の間合いを切って磬音に迫ってきた。

右足がなんとも緩やかに踏み出されると右肩ががくりと前方へ突き出され、左足が踏み出されると左肩が磬音に近付いた。

奇妙な動きかな、と玲圓も訝った。

すでに雑賀は、不動の磬音の長船長義が胸前に触れんばかりに間合いを詰めていた。

すいっ

と雑賀の突き上げられた剣がなんの気配もなく手元に引き寄せられた。

磐音は動かない。

ただ待った。

異変を待った。

雑賀は最後の一歩を踏み出すように左足を前に出した。だが床を離れた足は虚空を掻き、なんと後ろへと下げられた。

間合いがふいに狂った、狂わされていた。

前方へ間合いを詰めるべきところを反対に間合いが開いたのだ。奇妙な動きの中に真の必殺が隠されていた。

対戦する者は釣り出されるように前へと出た、出るはずだった。そこへ雑賀泰造の必殺の斬り下ろしが襲い来るはずだった。

だが、磐音は動かなかった。

間合いが再び開けられ、雑賀泰造は再び奇妙な前進を試みた。

半歩、踏み出した。

二人の剣者の間に風が戦《そよ》いだ。

磐音の正眼の剣が踏み込みとともに敢然と突き出され、再び間合いを詰めよう

とした雑賀泰造日根八の喉を、
すいっ
と突き破り、
ぱあっ
と血飛沫《ちしぶき》を修行堂の床に振り撒《ま》いた。
げええっ
悶絶の声を短く発した雑賀の片足が虚空をさ迷い、その直後に横倒しに斃れていった。
一瞬の早業であった。居眠り剣法が時に見せる迅速の剣捌きだった。
「総頭！」
おてんの悲鳴が修行堂に流れた。
鷹たちが血の臭いに興奮したか、鳴き声を上げた。
「おてんとやら、雑賀泰造どの、辰見喰助どののらの亡骸を運び出すがよい。もはや戦いは決した！」
磐音の険しい声が修行堂に響いた。
「坂崎磐音、雑賀泰造様の仇《あだ》は、この女狐おてんが必ず討つ、覚悟しておけ！」

おてんが宣告すると雑賀衆の残党が総頭の亡骸やら怪我人を抱えて、仁覚坊修行堂から消えた。

隼の甲高い鳴き声が日光山に密かな戦いの終わりを告げた。


徳川幕府の祖家康の忌日四月十七日の祭礼は、紀伊中納言治貞卿が長袴《ながばかま》を着けて家治のご機嫌を伺うことから始まった。尾張中納言宗睦は社参の道中、大桑村で病に倒れ、日光に到着することができなかった。

さらに井伊掃部頭直幸《かもんのかみなおひで》、松平隠岐守《おきのかみ》定静らが続き、例幣使高辻宰相胤長卿が高家由良播磨守貞整に伴われ、家治に拝謁した。

「例幣使御用、ご苦労にござった」

「帝よりの金の幣《ぬさ》、確かに神君家康様の御霊に奉じ奉り申す」

家治は京からの御遣いに銀五十枚、時服十領を贈られた。

高辻胤長はふと家治のかたわらに座す若者に視線を止めて、

(はてどこかで見知ったお顔におじゃるが……)

と首を捻《ひね》った。

「京からの長の道中ご苦労であったな、高辻卿。道中、なんぞ騒ぎはなかったか」

その若者が、なんと家治の断りもなしに口を開いた。

「はっ」

と答えた高辻卿は、

(この若者が大納言家基か)

と気付かされた。そして、文挟宿で例幣使一行の鼻先を横切った幼女の所業を咎《とが》めて、村の長《おさ》から金子を出させようとした場に姿を見せた若者と同じ人物であることに気付き、体じゅうから一気に冷や汗が噴き出すのを感じた。

それでも高辻卿は顔を伏せながら、

「何事もござりませぬ」

と答えていた。

「それは重畳《ちょうじょう》、京への道中、気をつけて戻られよ」

若い声が涼しげに響いたが、高辻卿は金縛りにあったようにじいっと身を硬くしていた。

祭礼の奉行安藤対馬守信成、米倉丹後守昌晴は衣冠束帯に身を包み、山の奉行菅沼主膳正虎常は大紋《だいもん》、目代の素襖《すおう》を着ての神輿供奉《みこしぐぶ》が始まった。

家治は未《ひつじ》（午後二時）の刻限、衣冠束帯に着替え、従二位大納言家基もまた色違いの同じ装束に正して山へと向かった。だが、大納言同道を知らされたのは限られた随身だけだった。

このとき、供奉する者の衣装は侍従以上が直垂《ひたたれ》、四位は狩衣《かりぎぬ》、五位の諸大夫《しよだいぶ》は大紋を着用しての祭礼参加だった。

御側横田筑後守準松が先導し、小姓小野備前守則武が御裾《おすそ》の役を務め、中間小者《ちゆうげんこもの》は白張《しらはり》を着て家治が乗り込んだ轅《ながえ》の左右に三十人が従い、同朋《どうぼう》二人が並び、随身の速水左近らが続いた。弓箭《きゆうせん》、長刀、御金剛、御沓《くつ》、御傘を持つ者ども、徒目付《かちめつけ》、書院小姓組、両番士が続き、直鑓《すやり》二本、十文字鑓一本、長刀一本、鉄砲が従い、挟箱、傘台、笠などきらびやかにして荘厳な行列が延々と玉砂利を踏んで内陣へ進んだ。

この刻限、佐々木玲圓、坂崎磐音らは仁覚坊にて家基の帰りを待ち受けていた。

昨夜遅く、弥助が速水左近に面会し、往路の道中、さらには仁覚坊修行堂で起こったことなどを家治に奏上し、家治はしばし考えた後、

「左近、こたびの大納言の日光社参は、公にはなかったことにしたほうが宜しか

ろう」

と判断した。

そのためには再び家基を伴い、江戸への復路を無事に帰らねばならなかった。田沼意次が放った家基暗殺団の雑賀衆は総頭、七尺組頭が坂崎磐音に斃されて、もはや刺客が襲い来る可能性は低かった。

だが、江戸城西の丸帰着まで細心な注意が要った。

そのために玲圓、磐音、野口三郎助、三枝隆之輔、そして五木忠次郎らは、いつ出立《しゅったつ》するか、どの行程を辿るかに腐心した。

家康の神廟前に家治、家基親子は深く頭を垂れて、幕府の永劫の安泰を願った。さらに大猷院殿霊廟に移動してお詣《まい》りし、さらに奥の院の家康の御墓に詣でて日光社参の大仕事をすべて終えた。

日光山奥の院で最後の祭儀を無事終え、御対面所に戻りついた家治と御三家、法親王、幕閣の親しき限られた人々が二間に寄り集い、強飯《こわいい》の式が酉の刻限から始まった。

だが、この場に大納言家基の姿はなかった。

大行事を無事果たせた安堵から強飯の式はなんと戌《いぬ》（午後八時）の刻限まで続けられた。

その刻限、八つの影が、華厳の滝が響く中禅寺湖への山道を登っていた。

言わずと知れた極秘の日光社参を終えた家基を守護して金精《こんせい》峠を越えようとする佐々木玲圓、野口三郎助老人、三枝隆之輔、五木忠次郎、坂崎磐音、弥助、そして、隼を肩に乗せられた女忍びの霧子の面々だ。

霧子は雑賀衆の崩壊していく光景を密かに見せられ、どこか醒《さ》めた表情をしていた。

霧子を捕《と》らえた弥助から、

「霧子、忍びも密偵もいろいろだ。家基様に助けられた命だ。これからどうするかしっかり考えねえ」

と諭《さと》され、復路は隼の世話をせよと命じられていた。

磐音は、迷いの只中にある若い女忍びが答えを出すにはしばらく時がかかろうと考えていた。

「磐音、峠を越えればどこに出るな」

と家基が尋ねた。

「下野から上野に入り、片品村《かたしな》から沼田城下へと出ます」

「上野か。旅の日にちが段々と少なくなるのは寂しいな」

「われらも家基様と同じ気持ちにございます」

うーむ
と答えた家基の草鞋の足音がどこか切なげに夜道に響いた。

四

安永五年の日光社参の大騒動が無事に終わり、江戸の町に、

「萌黄《もえぎ》のかやあ、麻から絽《ろ》まで揃ってございまーす」

と売り声を長くのばす美声が町内に響いた。

いつもの暮らしを告げる呼び声でもあった。

蚊帳《かや》売りは近江産の畳表と萱《かや》を新調の箱に入れて天秤《てんびん》で振り分けた売り子を連れた主が先行した。真新しい菅笠《すげがさ》を被り、単衣に白足袋、夏物の長羽織を粋に着て、売り子を従えた蚊帳売りは、夏の本格的な到来を告げる風物詩でもあった。

坂崎磐音は六間湯で大変な忘れ物に気付いた。

孝太郎とおかやに、

「日光から土産を買ってくる」

と約束していたことをだ。

勘定奉行の家臣としての日光行きだ。日光に行けば門前町を歩くくらいの暇があろうと考えていたが、散策どころか東照宮や陽明門を覗き見る暇さえもなかった。もっとも、暇があったところで日光山は家治の社参で好き勝手に出入りできるわけではない。

ともあれ七歳と六歳の子供との約束だ。

「さて困ったぞ」

と頭を捻った磐音は、今津屋のおこんに相談するしか方策はないかと考えた。

湯船には町内の八百屋の隠居の鶴次《つるじ》が禿頭《はげあたま》を浮かべているばかりで、金兵衛の姿はなかった。

「ご隠居どの、今日は金兵衛どのの姿を見かけぬようだが」

「どてらの金兵衛さんか。見合いの仕込みに走り回っていなさるが、またおこんさんに剣突《けんつく》を食らうんじゃねえかと湯屋で評判だ」

「おや、まだ嫁一人に婿三人の見合い話が続いていますか」

「おおっ、当人はさ、万端の段取りと思っているようだが、どうかな」

と隠居が首を捻った。

金兵衛の手腕を、娘どころかだれもが信じていないようだ、とどこかほっとした磐音は、この足で両国橋を渡ろうとこの後の行動を決めた。

金精峠から片品村に降りた家基の一行は利根村、白沢村を経て越後への街道の宿場沼田へと抜けた。さらに沼田から中山道の高崎宿へ出て、本庄、熊谷、鴻巣《こうのす》、大宮を経て戸田の渡しで江戸入りした。

一旦家治の御側衆速水左近の屋敷に入った大納言家基は、佐々木玲圓や磐音らとは速水邸で別れることになった。

予ての打ち合わせどおり、家基を密かに西の丸に戻す行列が待ち受けていたのだ。

「佐々木先生、磐音、なんとも楽しい道中であったぞ」

この言葉に万感の思いを込めた家基は、旅への未練を振り切るように乗り物に乗り込んだ。

「また会おうぞ」

乗り物の引き戸の向こうからこの言葉が投げられ、玲圓と磐音は腰を折って見送った。

それは家治の一行が日光社参から帰着する前日の夕暮れのことだ。

家治の世子家基は、安永五年の日光社参の間、江戸城を一時も離れることはなかったのだ。そのためには前日までに江戸入りしていなければならなかったのである。

徳川家の公式記録『徳川実紀』には、大納言家基は四月二十一日午《うま》（午後十二時）の刻限より城中にて待ち受け、帰着した家治とは未（午後二時）の刻限、黒木書院にて対面したと記録されている。

家治の城中帰着直後、諸々の日光社参の後始末が残っていたが、それもどうやら済んだようだと町に噂が流れていた。

磐音は着流しの腰に久しぶりに備前包平《かねひら》二尺七寸（八十二センチ）と無銘の脇差一尺七寸三分（五十三センチ）を差し、陽を避《よ》けるために菅笠を被り、手に濡れ手拭いを下げた格好で両国橋を渡った。

両国橋も東西の広小路もいつもの賑わいを取り戻していた。見世物小屋から客を呼ぶ声が響き、露店が並び、その間を大勢の人がぞろぞろと歩いていく。

磐音はそんな光景を両国橋西詰に立ち止まり、眺めた。

大川の水面を掠めた夏燕が河岸の枝垂れ柳を潜って飛ぶ風景も、江戸に戻ったという気分にさせてくれた。

西広小路の雑踏を分けて、米沢町の角に店を構える両替屋行司今津屋の店頭に立った。

「いらっしゃいな」

帳場格子から店中に睨みを利かせていた老分番頭の由蔵が磐音に気付いて声をかけてきた。

江戸に戻った磐音は早速今津屋に挨拶に出向いたが、吉右衛門、由蔵、おこんともゆっくり話をする暇はなかった。

由蔵たちは江戸に戻りついてのち、日光社参にかかった莫大な路銀の収支決算と帳簿整理に入っていた。それは今津屋と下勘定所の二か所で同時に進められていたのだ。

「少しは整理がつきましたか」

「一文までの金子の出入りがすべてはっきりするには、ひと月やふた月はかかりましょう。ですが、大雑把ながらなんとか当初の見積りで納まる見込みが立ちました」

「それはなによりのことにございました」

と答えた磐音は菅笠の紐を解《ほど》いた。すると磐音の声を聞きつけたか、おこんが涼やかな顔を見せた。

「湯屋の帰りなの。お武家様が濡れ手拭いを下げた格好はいただけないわ」

とおこんが素早く磐音の手から手拭いをとった。

「かいた汗を拭くのに都合がよいのだが」

と磐音が応じると、おこんが訊いた。

「湯屋でお父っつぁんに会ったの」

「それが、おられぬのだ。常連のご隠居どのの話では、仕込みが忙しいとか申されておったな」

「仕込みって、見合いのこと」

「その他には考えられぬ」

「時が経てば諦めるかと思ったけど、お父っつぁん、意外と真剣ね」

「いかがなさるな」

「いかがもなにも、私には関わりがないことよ」

とあっさりと言い放ったおこんに、孝太郎とおかやに約束した日光土産を買い忘れたことを告げ、なにか知恵はないかと相談した。

「あら、長屋の子供にそんなことを請け合ったの」

「日光で少しは暇になるかと思うたら、とてもそのような暇などなかった」

「坂崎様、私は御免下駄やら湯葉を買い求めてきましたぞ」

「さすがは老分どのだ、抜かりはない」

と答えた磐音は、

「御免下駄とはなんでございますかな」

と訊いた。

「日光山のお参りは石や坂道が多うございましょう。それに冬場は雪も降り積もる。そこで旅人は門前町で草鞋や草履《ぞうり》から下駄に履き替えてお参りする習わしがあるそうです、この下駄を御免下駄というのですよ。足裏には竹の皮が張り付けられ、麻の紐で本桐の台木にしっかりと縫《ぬ》い付けられてございましてな、冬は暖かく、夏は汗を吸ってくれます。旦那様とおこんさんにもそれぞれ土産に買い求めてきましたよ」

「それがしはなにも買い求めてこなかった」

と磐音はおこんにすまなそうな顔を向けた。

「坂崎さんの今度の御用はそれどころではなかったはずよ。だれもそんなこと気にしていないわよ」

　とおこんが由蔵と磐音を台所に誘った。

　日光社参でともに苦労した二人を一服させる気だろう。

「湯葉では子供も喜びませんな」

　由蔵が台所に入り、広々とした板の間の定席に腰を下ろしながら言った。

「いいわ、坂崎さんが帰るまでになにか考えるわ」

　とおこんが胸を叩いたとき、裏口から女衆《おんなし》がぞろぞろと入ってきた。その中におそめも混じっていた。

「おこんさん、ようやく男臭い長屋の掃除が終わっただよ」

　おきよが叫んだ。

　佐々木道場の面々が警護のために滞在していた長屋の後片付けを、おきよたちはしていたようだ。

「夜具も干したし、部屋にも風を入れた」

「造作をかけたな」

　磐音の言葉に、なんの大したことはねえよと応じたおきよが、

「たまには違った顔ぶれの男衆《おとこし》がいるのも励みになるもんだ」

と笑ったものだ。

今津屋もいつもの日常が戻りつつあった。

「おそめちゃん、元気か」

磐音がおそめに声をかけると、

「皆さんによくしていただき、ようやく今津屋さんの奉公に慣れました」

とにっこり笑った。

「おそめちゃんは賢いからな、だれにでも好かれるだ。佐々木道場のでぶ軍鶏《しやも》と痩せ軍鶏も、おそめちゃんを妹のように可愛がってな、用もないのに台所に顔を見せては、師範の本多様から怒鳴られておったぞ」

おきよは痩せ軍鶏と対にでぶ軍鶏との名まで付けて呼んだ。

「利次郎と辰平らしい話でござるな」

「まあ、それだけおそめちゃんが愛らしいということだ」

おきよが言い切り、女衆は昼餉の仕度に入った。

おこんが茶を淹れ、塩饅頭《まんじゆう》を茶請けに出した。

「坂崎様が見えたら相談したいと思うておりました。品川様はいつもの日当でようございましょうが、佐々木道場はそうはいきません。本多様に相談しましたが、給金などいただいては先生に叱り飛ばされると申されたそうな。どうしたものでございましょうな」

「これは難題です」

先祖が幕臣であった佐々木玲圓は、幕府の大事、日光社参に関わる手伝いで金子を得ようなどとは考えるはずもなかった。それは磐音も承知だった。一方、今津屋では、大名家の家臣や旗本の子弟を働かせて無償というわけにもいかないと考えていた。

「道場で催しがあるときにお酒など出していただけますか」

「坂崎様、そのようなことでは相済みませぬぞ。世の中には相応の報酬というものがございましてな」

「はて、どうしたものか」

塩饅頭を口にしながら磐音は考えた。そして、ふと気付いた。

「うーむ、これならいけるかもしれぬぞ」

「なんぞ思い付かれましたか」

「道場の防具や袋竹刀などがだいぶ傷《いた》んでおります。むろん弟子はそれぞれに所有しておりますが、突然稽古に見えられた方や新入りのために十組ほど用意してございます」

「なにっ、それが古びておいでか」

由蔵が膝をぱちんと叩いて、

「それはよいお考えかもしれませぬな。思い立ったが吉日、昼餉の後に武具屋に付き合ってくだされ」

と由蔵が即決した。

上野御成道の角に、剣術の防具を専門に面頰《めんぼお》、小手、胴、木刀、竹刀、袋竹刀、稽古着などを扱う武具商山城八幡《やましろはちまん》があった。

佐々木道場では、玲圓の先代時代から山城八幡で防具を誂《あつら》えていた。

磐音を伴った由蔵は山城八幡を訪ねて、十組の防具に木刀、竹刀、稽古着などを注文した。

磐音はせいぜい三組か五組の新調と思っていたので、由蔵の買い物にびっくりした。

「師範の本多鐘四郎様をはじめ、延べ二十人もの門弟衆が交代で警護にあたられ、そのお蔭で何事も起こらなかったのです。防具の十組や二十組なんでもございませんよ」

と太っ腹を見せた。

元々防具を着けての稽古は、直心影流の長沼《ながぬまし》四郎左衛門《ろうざえもん》（正徳年間）や一刀流の中西忠蔵（宝暦年間）から始まっていた。

直心影流の技を格段に飛躍させたのが防具の発明であり、このことによって、形だけの独り稽古から対戦方式の二人稽古ができるようになったのだ。

山城八幡では即金で防具を大量に買い付けた客に大八車を出し、手代二人に小僧を同行させて佐々木道場まで運び込むことにした。

磐音は由蔵を誘ったが、

「私はお店がございますのでな」

と磐音に華を持たせるように山城八幡から今津屋に戻った。

大八車が佐々木道場の門を潜ると、ちょうど夕方の稽古を終えた松平辰平たちが玄関先に出てきて、

「坂崎様、何事でございますか」

と騒ぎ出した。磐音は、

「先生はご在宅かな」

「稽古を終えられ、奥へ下がられたところです」

と答えた辰平が奥へ知らせに走った。

玲圓が本多鐘四郎ら師範や師範代らと姿を見せた。

「痩せ軍鶏が奇妙なことを申しておるが、そなた、防具屋の番頭に鞍替えしたか」

と鐘四郎が磐音に言う。

「玲圓先生、今津屋ではこたびの師範らの働きに金子でお払いしても受け取られまいと、防具十組に竹刀、木刀、稽古着などを買い求め、それがしに託されました」

「なんと、今津屋はそのような気遣いをしてくれたか」

玲圓は新しい木刀を手に素振《すぶ》りをして、

「痩せ軍鶏、これで一段と腕前を上げねばならぬぞ」

と莞爾と笑ったものだ。

「先生、お受け取りいただけますか」

「そなたが頭を絞った知恵だ、断れるものか。鐘四郎らの働きじゃが、有難く頂戴いたすと今津屋どのに伝えてくれぬか」

辰平らが、
わあっ
と歓声を上げ、大八車から防具や稽古着を道場に運び込んでいった。

「先生、近々新入りの東西戦をと考えておりました。その折りに使い始めをさせていただけませぬか」

本多鐘四郎が玲圓に許しを乞うた。

「よかろう。真新しき防具と竹刀で、腕も一段と上げてもらわねばな」

そんな師弟たちの問答を式台の向こうで霧子が見ていた。

家基の一行に同道して江戸に戻った霧子の身柄を佐々木玲圓が預かることにして、男の弟子たちに混じり、早朝稽古から道場に立たせていた。

玲圓は若い霧子に下忍の暮らしを忘れさせ、一から剣術や家事などを覚え込ませようとしていた。そして、先行き、霧子の望みのままに自らの道を選ばせようと、当分佐々木道場に預かったのだ。

道場で住み込みの門弟や通いの弟子たちが車座になり、本多鐘四郎ら師範を囲んでいつまでも剣術談義を続けていた。

磐音は玲圓に奥に呼ばれた。

「磐音、上様は大納言様に対面なされて、西の丸がしっかりとした顔付きと体付きになった、敢えて旅をさせた甲斐があった、と感激の言葉を洩らされたそうだぞ。速水様が書状で知らせてこられた」

「ようございました」

「磐音、大儀であったな」

「いえ、それがしは、家基様はもちろんのこと、先生とともに寝食をともにできましたこと、終生忘れはいたしませぬ」

「家基様が十一代将軍に就かれる日が目に浮かぶわ。家基様はおそらく徳川幕府中興の祖と呼ばれるに相応しい征夷大将軍におなりになろう」

「いかにも」

二人は期せずして若武者の面影を脳裏に浮かべた。

磐音が佐々木道場の門を出たのは五つ半（午後九時）の刻限だった。久しぶりに師匠を囲んで弟子たちが酒を酌み交わしたからだ。

暗い神保小路を下りかけた磐音は背に人の気配を感じた。

振り向くと、遠くから差す常夜灯の灯りに霧子の姿がかすかに浮かんでいた。

宴の席に霧子はいたが、だれとも話さず話の輪の外に独りいた。

「そなたか」

霧子は無言で佇《たたず》んでいた。

「男ばかりの道場の暮らしは嫌か」

顔を横に振った。

「玲圓様にもお内儀様にもよくしていただいております」

「なんぞ不満か」

「いえ」

「それがしを追ってきたにはわけがあろう」

「坂崎様、霧子はこのような幸せな暮らしを続けてよろしいのですか」

「そなたが望むならばたれもが手を貸し、助けてくれよう。それがわれら仲間内の暮らしだ」

「はい」

「佐々木道場には、先生を別格にして数多《あまた》の人材がおられる。自分を見詰め直し、修行し直すには格好のところだぞ」

霧子が頷いた。

その顔から尖った髭《かげ》が薄れ、穏やかな丸みが生じたように思えた。

下忍とは、若い娘を極限に追い込む過酷なまでに非情な暮らしなのだろうか。

「玲圓先生を信じ、お内儀様に心を開くがよい。さすればそなたの道が自ずと開けよう」

「はい」

と霧子が頷いた。

「許せぬ！」

その声が闇に響いた。

振り向くと、雑賀衆の女忍びの小頭にして雑賀泰造日根八の情婦だった女狐おてんが短筒《たんづつ》を構えて立っていた。

「小頭」

霧子の声は震えていた。

「そなたの裁きは後のことよ」

おてんが言うと短筒を磐音の胸に向けた。

間合いは三間。

飛び道具の扱いに慣れた雑賀衆の中でも、短筒の名手と呼ばれたおてんが外す間合いではなかった。それにおてんが構える短筒は銃口が縦に二つ並び、連発式だった。

磐音は霧子に気を取られて不覚をとった。

「霧子、離れよ」

おてんが命じた。

霧子は首を振ったが、磐音が、

「離れるのだ。怪我をしてもつまらぬ」

と言いかけた。

霧子はようやく決心したか、磐音から横手に数間ばかり離れた暗がりに溶け込んだ。

「坂崎磐音、雑賀泰造様の仇を討つ！」

磐音は銃口に向けて胸を張った。怪我を負い、死ぬ運命《さだめ》ならば顔を上げ、胸を張っていようと思った。

その思いが磐音にその姿勢を取らせた。

「小頭、許してください」

「ならぬ、総頭の仇じゃ！」

おてんが叫んだ。

霧子が叫んだ言葉の意味をおてんは勘違いしていた。霧子は磐音の助命をおてんに願ったわけではなかった。

おてんが引き金に力を入れようとした瞬間、暗がりの気が揺れ、霧子が動いた。手からなにかが飛ばされた。

十字手裏剣が抛《なげう》たれ、それが女狐おてんの喉元に食い込んだ。

くいいっ
おてんの顔が歪《ゆが》み、

「き、霧子」

銃口が磐音から霧子へと回された。

その瞬間、磐音が三間の間合いを一気に詰めると包平を抜き打ちに放ち、峰に返して女狐おてんの肩口を袈裟懸《けさが》けに叩いていた。

銃声が夜空に響いた。弾丸はあらぬ方向へと飛び去り、おてんの体が神保小路に崩れ落ちた。

静寂が支配した。

ひゅっ

おてんの喉元に刺さった十字手裏剣の傷口から音が洩れた。

磐音はおてんのかたわらに膝を突くと十字手裏剣の傷口を確かめた。

霧子は致命的な傷になることを避けて抛っていた。

磐音は懐から手拭いを出して手裏剣を抜くと手早く止血をした。

(死ぬも生きるもおてんの運次第)

と考えながらも、厳しい忍びの修行をしてきたおてんがそう簡単に死ぬことはあるまいと思い直した。

立ち上がった磐音は霧子を振り向き、

「霧子、そなたはそれがしの命の恩人じゃ」

と声をかけた。だが、霧子はなにも答えず黙念と立ち竦んでいた。

「霧子、道場に戻れ。そなたが生きていく家じゃ」

頷いた霧子が佐々木道場の門内へと姿を消すのを見送り、再びおてんに目を戻した。

(やや子とともに生きよ)

と話しかけながら、いつの日か、雑賀泰造とおてんの子が憎しみの刃を翳《かざ》して磐音の前に立ち塞がる光景を脳裏に思い描いていた。

巻末付録

江戸よもやま話

社参——将軍の大行列《パレード》

文春文庫・磐音編集班 編

安永五年（一七七六）四月、四十八年ぶりに行われた日光社参。将軍家治が日光へ参詣する道中、磐音は影警固の大役を成し遂げます。もちろん、行列を物見遊山で見物する余裕はなかったはず。今回は、磐音にかわって空前絶後の将軍行列を眺めてみます。

日光社参は、初代将軍家康を東照大権現として祀る日光東照宮に、将軍が参詣する行事で、江戸時代を通じて十数回行われました。家康の忌日である四月十七日の祭礼に間に合うよう、十三日前後に江戸を出発、岩槻、古河、宇都宮の三城で各一泊して、十六日に日光に到着。片道三泊四日、約百五十キロの旅程でした（図1参照）。

社参は、当初は小規模だったようですが、多数の大名・旗本が将軍に供奉（お供として行列に従うこと）し、また饗応や警固などの役割を分担する、膨大な人とお金をかけた国家規模のプロジェクトへと拡大したようです。

家治の安永社参では、『甲子夜話《かっしやわ》』（平戸藩主松浦清〈号は静山〉が隠居後に執筆した随筆）によると、関東一円の農村から動員された人足は二十三万八百三十人、馬三十万五千疋で、かかった費用は金二十二万両（江戸中期、米価換算で一両は約四～六万円）！　これは幕府の歳入の約七分の一に相当しました。

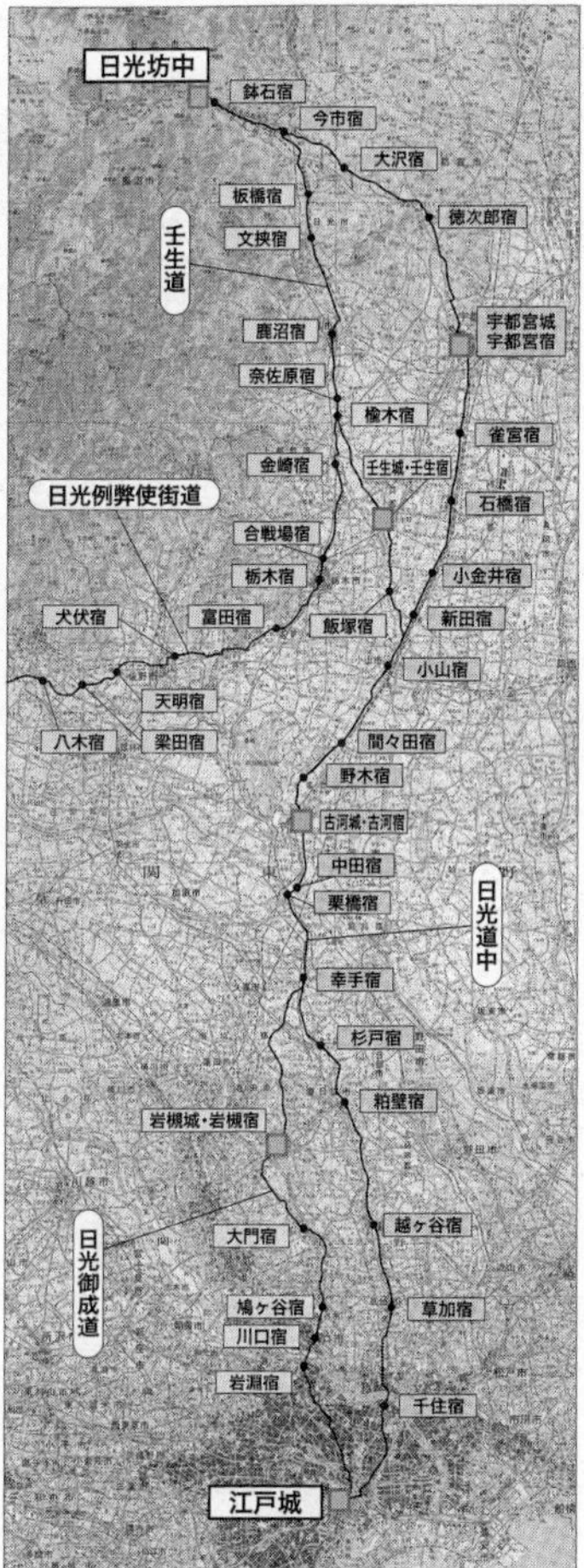

図1　日光社参の道程。『企画展　日光東照宮と将軍社参』より転載。

江戸時代最後となった、天保十四年（一八四三）の十二代将軍家慶《いえよし》の社参では、大名・旗本とその従者は十五万九千人、人足三十六万八百三十人、雑兵八十二万三千五百六十人、馬が四十二万五千五百四十疋で、先頭が川口（埼玉県）に達したとき、最後尾はまだ江戸を出発していなかったとされます。

幕府は、供奉する者一人につき、一日一升二合分の飯米を御成と還御に要する六日分支給したため、その総額は延べで六百二十九俵（一俵＝三斗八升入りで計算）余りになりました。そのほか、将軍が泊まる三城の修繕費、休息地の御殿や、通常は架橋されていない利根川に設置する船橋（舟を並べて鎖で繋ぎ、土を盛り、木を植えて道にする）建造費など、総費用は五十万八千九百七十三両。今では日帰りも可能なこの小旅行に、なんと二百億円もかかったのです。将軍の威光を示すのも簡単ではありませんね。

将軍本人はともかく、動員される大名や旗本にとって悩ましいのは、連れて来いと命じられた供揃いのノルマでした。たとえば、将軍周囲の警固だけで約二万人が動員されたとの記録がありますが、高家《こうけ》は七十人、普請奉行は五十八人、百人組組頭は七十人……と役職ごとに決められたノルマを合算した人数だったのです。

この時代、大名も旗本も行列を仕立てるに十分な家臣を揃えることは難しく、不足分は人材派遣業者から「渡り者」、いわばバイトや派遣社員を臨時で雇い入れなければなりませんでした。武家奉公人と呼ばれる中間や小者の多くは、こうしたバイトだったのです。社参計画発表とともに、幕府は奉公人の確保を指示したものですから、奉公人の給金は高騰するばかり。身持ちが悪く酒や博奕《ばくち》に興じる者（磐音の友人にもこういう人います）でもそうそうクビにできない。主君の顔すら知らない彼らに主家への思い入れなどなく、他家の者と争いに及ぶことも多々あり、喧嘩口論の禁止の触れがたびたび出されるほど。行列の体裁を整えるにも一苦労したのです。

さらにさらに、この大移動には大量の物資が伴います。それを運ぶのは馬。関八州の村々に馬の供出を命じ、江戸と日光、その間の宿城地三か所に集結させ、各宿城地間で物資を運搬する仕組み（寄人馬）がとられました。人足一人につき一日一升という手当てが支給されても、農村にとっては、人もお金も持ち出しとなる、重い夫役だったようです。

こうして人とお金と労力を注ぎ込んで整えられた長〜い行列は、壮麗そのもの、庶民には極上の娯楽でした。祭り好きの江戸っ子ならずとも、一目見たくなるのが人情。しかも、江戸城の奥深くにおわす将軍の尊顔を拝せるやもしれぬとなれば、一生に一度あるかないかの特別なイベントです。天保の社参に際し、相模（神奈川県）から王子村（東京都北区）近辺に行列見物に赴いた農民が、覚書を残しています。

喜十郎・伊兵衛殿、将軍様御面相いかにも御明将之様に奉拝、御年御五十歳位、御

色黒、御顔長、御ひたい広、御形《なり》中ぜひ《(背)》之様子奉拝

色黒で面長、額の広い、中背の五十男。「明将」と称えつつも、初めて拝した将軍の印象は……普通の中年男だったようです（笑）。また別の農民が書き留めたものには、なんと将軍に拝謁する機会があり、百六歳（この超高齢にも驚き！）の老母に扶持米を下賜された、とあります。事実、家慶は社参の道中で、高齢の者や貧窮する者に米や銀を施したとの記録があり、一里以上も駕籠に乗らずに馬に乗ったり、歩いたりもしたとされます。幕府の権威が傾いていくなかで、家慶はじかに庶民と交流しようとした、慈悲深くフレンドリーな将軍だったのかもしれません。

もちろん、行列を迎える際の厳格な決まりはありました。下野国（栃木県）のある町に、幕府から事前に通達された規制では、

・家屋内では、女性や子供は軒下、男は土間に平伏、屋外では、並木より五、六間離れて、女子供は前、男は後ろ

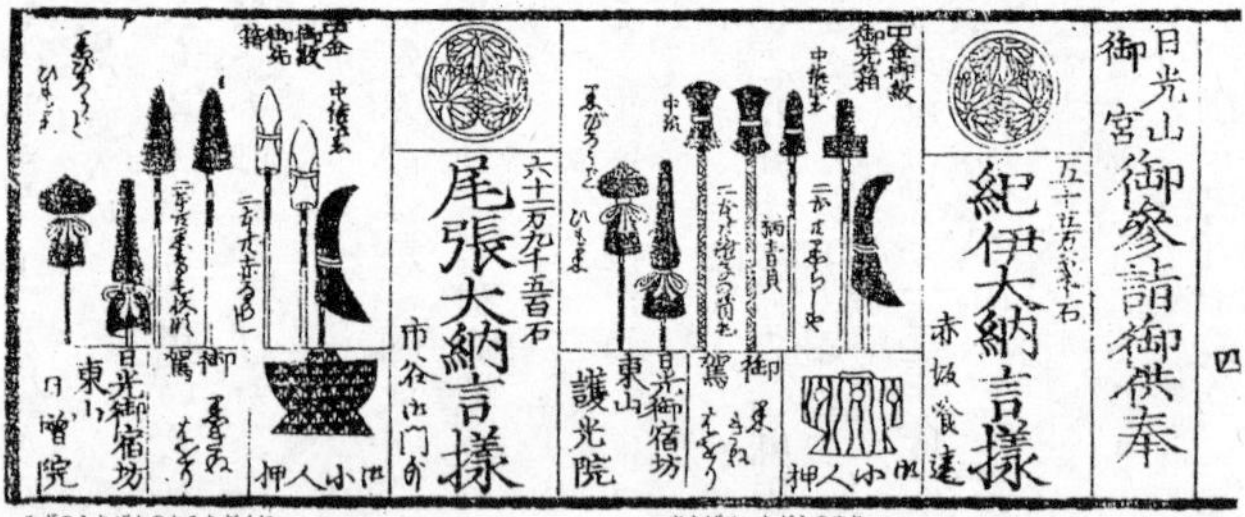

水野越前守忠邦《みずのえちぜんのかみただくに》。行列を見分けるため、先箱《さきばこ》・長柄鑓《ながえのやり》・笠などを図示するとともに、駕籠や宿坊まで記載する。発行元は当代随一の仕掛け人・蔦屋重三郎《つたやじゅうざぶろう》。

で平伏すること。
・商店の看板や障子に白紙を貼り、戸障子がない場所は薄板を打ち付けること。
・煙りが出る料理などは禁止。

とかなり細かく、暢気な見物の余地はなさそうです。ところがいざ当日になると、行列の間近でなければ、離れた丘の上などから見物することはある程度許されます。さらに、軽食――ある史料では、さといもとこんにゃくの煮込み（調理は七輪などで炭火の使用に限る）――やお菓子などを売ってもよいとのお達しが出されます。

むしろ、人が集まるところに商機ありと捉える者もいたことでしょう。喜田有順の随筆「親子草」（『新燕石十種《しんえんせきじっしゅ》』所収）には、

享保の度は、食物に困り候由相聞候間、道中筋には、団子四ツ差にて、四文銭壱せんにてつりの不入様《いらざるよう》に拵《こしらえ》、其外焼餅抔《など》も、右に准候て売候よし

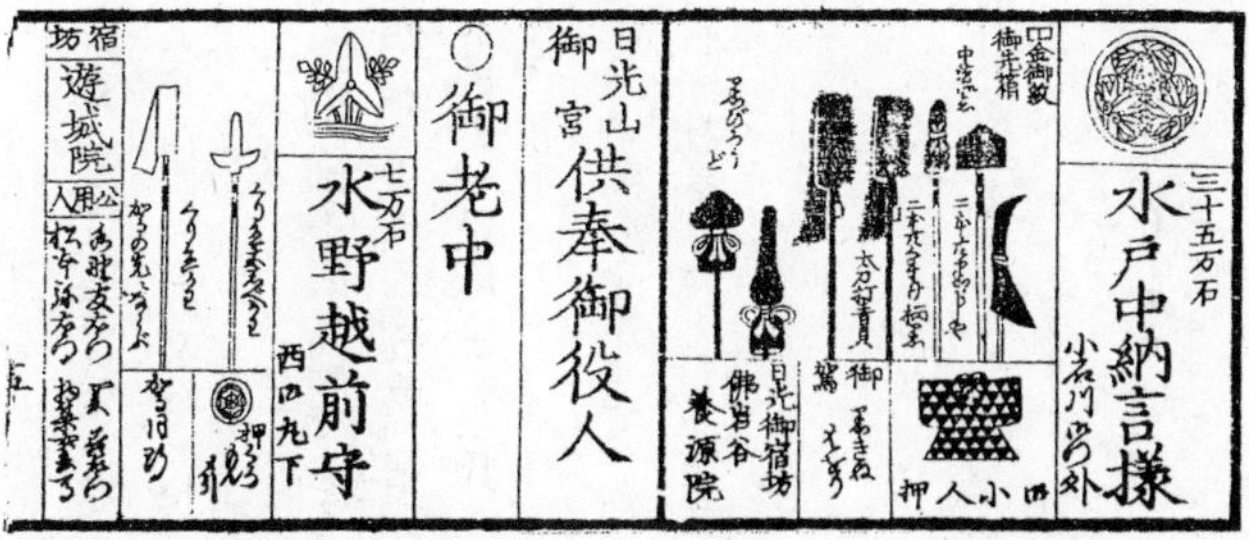

図２　『日光御宮御参詣供奉御役人附』（「上野家文書」、宇都宮大学学術情報リポジトリ）より、参詣供奉者リストの冒頭。御三家に続くのは老中首座・

とあり、享保十三年（一七二八）の社参では道中で食べる物の入手に苦労したので、安永社参では、四つ差し団子や焼き餅の販売が許されていました。値段は四文銭一枚、お釣りなし、と支払いを簡単にしているところが心憎い限り。

また、行列に供奉する大名や旗本を見分けるために、いわば携帯版紳士人名録である「略武鑑《りやくぶかん》」の出版も許可されていました。たとえば三四八～三四九ページの図2『日光《にっこう》御《お》宮《みや》御《ご》参詣《さんけい》供《ぐ》奉《ぶ》御《お》役人附《やくにんづけ》』には、行列参加者と江戸の留守番を分けて、役職ごとに氏名と家紋などのビジュアルが列記され、見ているだけで楽しいものです。

煮込み料理や団子の匂い漂う沿道で、「前代稀成事《まれなること》」と庶民は強い関心を持って行列を眺め、将軍は駕籠から出て彼らに素顔を見せる。江戸後期の日光社参とは、将軍と民衆が初めて相見《あいまみ》えた、壮大なパレードだったのです。

【参考文献】

早田旅人「社参行列を迎える村々」（『文書館だより』三三号、栃木県立文書館、二〇〇二年）

『企画展 日光東照宮と将軍社参』（公益財団法人徳川記念財団・江戸東京博物館編、二〇一一年）

大石学「日光社参の歴史的位置」（『日本史の中の栃木』所収、栃木県歴史文化研究会編、随想舎、二〇一三年）
椿田有希子『近世近代移行期の政治文化』（校倉書房、二〇一四年）

文春文庫

定価はカバーに
表示してあります

夏《なつ》燕《つばめ》ノ道《みち》
居眠《いねむ》り磐音《いわね》（十四）決定版《けっていばん》

2019年9月10日　第1刷

著　者　佐《さ》伯《えき》泰《やす》英《ひで》

発行者　花田朋子
発行所　株式会社 文藝春秋

東京都千代田区紀尾井町 3-23　〒102-8008
TEL 03・3265・1211㈹
文藝春秋ホームページ　http://www.bunshun.co.jp

落丁、乱丁本は、お手数ですが小社製作部宛お送り下さい。送料小社負担でお取替致します。

印刷製本・凸版印刷

Printed in Japan
ISBN978-4-16-791351-9